DREAMBOOKS

DREAMBOOKS

進士武林
진사무림

9

봉황송 신무협 장편소설

ORIENTAL FANTASY STORY & ADVENTURE

dream
books
드림북스

진사무림 9

초판 1쇄 인쇄 / 2016년 5월 9일
초판 1쇄 발행 / 2016년 5월 20일

지은이 / 봉황송

발행인 / 오영배
책임편집 / 편집부
펴낸 곳 / (주)삼양출판사 · 드림북스

주소 / 서울특별시 강북구 도봉로 173
대표 전화 / 02-980-2112 팩스 / 02-983-0660
편집부 전화 / 02-980-2116 팩스 / 02-983-8201
블로그 / blog.naver.com/dreambookss

등록번호 / 제9-00046호
등록일자 / 1999년 3월 11일

ISBN 979-11-313-0485-3 (04810) / 978-89-542-5445-8 (세트)

* 지은이와 협의하에 인지는 생략합니다.
* 잘못된 책은 구입한 곳에서 바꾸어 드립니다.

이 도서의 국립중앙도서관 출판시도서목록(CIP)은 서지정보유통지원시스홈페이지(http://
seoji.nl.go.kr)와 국가자료공동목록시스템(http://www.nl.go.kr/kolisnet)에서 이용하실 수
있습니다. (CIP제어번호:2016010732)

進士武林

진사무림

9

봉황송 신무협 장편소설

ORIENTAL FANTASY STORY & ADVENTURE

dream books
드림북스

목 차

第一章 격랑 | 007

第二章 불광불급 | 029

第三章 삽화가 | 051

第四章 소통 | 075

第五章 흑룡진천하 | 091

第六章 소요서생 | 117

第七章 천상향 | 129

第八章 주수선 | 155

第九章 배덕의 후예 청풍 | 169

第十章 용암 일족 | 189

第十一章 개간 | 217

第十二章 우화등선 | 237

第十三章 즙포묵패 | 257

第十四章 유격장군 소절 | 285

第十五章 장손세가 장손범철 | 299

第一章

격랑

　중원 안팎은 격랑에 휘말려 혼란스러웠다.

　황실과 조정에 만연된 부정부패는 백성들의 광범위한 저항을 불러일으키고 있었고, 무소불위의 힘을 자랑하던 정총의 흔들림으로 인해 강호 무림도 뒤흔들렸으며, 만리장성 너머 오랑캐들의 중원 침략 횟수가 점점 늘어나는 실정이었다.

　새롭게 들어선 황실이 부정부패를 척결하려고 노력하고 있지만 뿌리 깊게 박혀 있는 걸 뽑아내지는 못했다. 송사리 수준의 부패 관리들을 처리했을 뿐 비리의 진정한 몸통인 높은 관리와 황실 인척들은 여전히 건재했다.

　주수선 군주가 좌충우돌하면서 나라를 바로 세우려고 노

력하고 있었지만 여자라는 한계와 함께 당금의 역사적 상황을 이해할 안목과 능력이 부족했다.

그리고 주색을 탐하는 주윤무 황제로 인해 정국은 차츰 혼란과 불안의 수렁으로 빠져들고 있었다. 어리석은 황제가 방탕한 생활을 일삼았기 때문에 주수선의 노력은 한계에 봉착했다. 새 황제 즉위 초기의 반짝거리면서 새롭게 변화하려던 시도가 퇴색되면서 다시금 어둡고 혼란스런 시기가 찾아왔다. 이한열은 고민스러웠다.

"강호행을 이대로 계속해도 괜찮을까?"

주수선 군주의 강호일통 계획에 의해 강호행을 하고 있었지만 솔직히 걱정됐다. 어지럽게 흔들리는 중원의 상황을 마치 없는 일처럼 방관하는 것이 아닌지 고민하였다.

강호일통 계획은 높은 분의 탁상행정적인 측면이 강했다.

단일 세력으로 최강이라고 하는 마교조차 강호일통을 하지 못했다. 중원 무림을 향해 모두 아홉 차례의 침공을 감행하였고, 그 중 몇 번은 강호일통 일보 직전까지 간 적도 있었다. 드넓은 중원에는 수없이 많은 강호 무림인들이 있었고, 은거하면서 유유자적하는 기인들도 엄청났다. 무림을 암중에서 수호하는 비밀스런 문파들도 존재했다.

강호 무림이 흔들리게 되면 강호의 이면 뒤에 숨어 있던 진정한 초고수들과 무림문파들이 등장한다. 드러나 있는 힘보다 이면에 숨겨져 있는 강호 전력이 더욱 강했다.

마교는 백도의 구파일방을 비롯한 중원의 사마외도들을 봉문시키거나 멸문 혹은 점령하였지만 강호 이면의 전력에 밀려 후퇴를 하고는 했다.

강호일통을 할 수 있는 무림인은 고금 이래 단 한 명이라고 할 수 있다.

고금제일마 혈마!

고금제일인보다 고금제일마라 불리는 혈마!

고대 무림 이래 최후 최강의 완벽한 무인이라고 불리는 혈마는 강호일통을 할 능력을 가지고 있다. 홀로 강호 무림을 전면 직전까지 몰고 간 감히 가늠할 수 없는 절대자였다.

혈마는 독보적이었다.

하지만 강호 무림에 다행스럽게도 혈마는 세력이 아닌 홀로 독보하는 걸 선택했다. 그렇기에 강호 무림은 아직까지 멸망하지 않고 살아남을 수 있었다.

언제가 중원에 다시 돌아오겠다고 약속한 혈마였다.

강호인들의 피로 바다를 만들고, 시체로 산을 쌓는 혈마가 재차 중원에 모습을 드러낼 경우 이한열은 싸우지 않고 황궁으로 돌아가거나 어둠 속으로 피신할 생각이었다.

강호일통을 위해 움직이고 있지만 이한열은 막상 해낼 수 있다고 장담하지 못했다. 그리고 지금 중요한 건 그것이 아니었다.

"군주마마 옆에서 보좌하는 편이 옳은 일일 수도 있다."

이한열은 강호행을 멈추고 황실로 돌아가는 것이 좋다는 생각도 들었다.

"에이! 알아서 고생하지 말자! 필요하시면 부르시겠지. 아랫사람이 주군의 명령을 무시하고 함부로 행동할 수는 없음이야."

이한열이 이내 고개를 가로 저었다.

모시고 있는 군주의 명령을 무시하고 함부로 행동한다는 것이 올바른지에 대해 쉽게 가늠이 되지 않았다. 군주의 지시에 반해서 움직인다는 건 커다란 중죄였다. 주수선 군주의 총애를 받고 있는 이한열이라고 해도 마음대로 움직였다가는 용서받을 수 없다.

"정국의 변화 추이와 함께 강호 변화가 미치는 파장이 무엇인지 파악하는 것이 현재 내가 할 일이다. 강호계의 변화를 황실과 조정에 유리하게 만들어야 한다."

이한열은 강호에 파견된 관리로서 해야 할 임무에 대해서 잘 알고 있었다. 조정으로 돌아가고 싶은 욕구가 강렬했다. 하지만 동시에 도산검림이라고 불리는 강호에서 살아가는 것도 무척이나 즐거웠다.

"밖에서 객관적으로 바라보니 황실과 조정의 부족함이 더 잘 보인다. 북경에 관리로 다시 돌아간다면 더욱 잘할 수 있겠어."

이한열은 관리로서가 아닌 강호인으로 황실과 조정을 살피면서, 보다 객관적인 위치에서 생각하는 것이 가능해 졌다. 그리고 이런 경험이 커다란 재산이 되었고, 관리로서의 앞날에 엄청난 힘을 실어 주게 된다.

"관리라는 틀에서 벗어났다는 점은 개인적으로 무척 큰 수확이다. 그동안 우물 안 개구리로 살아왔던 셈이야."

그는 강호행을 하면서 자신이 너무 학자로서의 틀 안에서만 보내 왔다는 걸 통감했다. 중원을 대명이 통치하고 있다고 생각했는데, 같은 하늘 아래 강호인들은 대명률을 무시하고 자유롭게 살아갔다.

관과 무림은 서로를 침범하지 않는다!

황실과 조정의 입장에서 볼 때 원칙적으로 강호인들은 대역죄인들이었다. 하지만 강호인들의 자유로운 세계는 이미 하나의 완벽한 생태계를 이루고 있었다. 백만 대군을 거느리고 있는 대명황실이라고 해도 강호를 말살할 수는 없었다.

황족인 주수선조차 강호계의 법칙을 받아들였으니 더 할 말이 없었다. 수족처럼 여기는 이한열을 강호계로 파견한 배경에는 다 이유가 있었다.

"강호는 자유롭다. 강호를 거닐면서 구속받던 마음이 자유로워지고 있다."

자유로움이 보장된 강호!

직접 몸으로 확인하면서 자유에 대한 열망이 들불처럼 내면에서 커져 갔다. 그건 자유를 경험해 본 자의 자연스러운 반응이었다.

"자유가 나를 영글게 하고, 이상과 꿈을 더 크고 선명하게 만들어 준다."

부자로 살고 한 명의 남자로서 성공하고 싶다는 이상과는 무관하게 자유롭게 살아가고 싶다는 생각도 무럭무럭 커졌다. 강호행을 하면서 겪은 경험들을 바탕으로 한 사념들이 교차하면서 그동안 갈고 닦고 배운 공부들에 녹아들었다.

부르르! 부르르!

이한열이 몸까지 떨면서 전율했다.

오랜 시간 익혀 왔던 공부들이 알알이 떠오르면서 새로운 물결을 일으켰다. 머리에서 발가락 끝까지 녹여낼 정도의 큰 깨달음들이 밀려 닥쳤다.

두근! 두근!

심장이 강렬하게 뛰었다.

새롭게 태어났다는 느낌일까?

알게 모르게 세상 사람들은 기득권 세력의 필요에 의해 만들어진 법칙에 몸과 마음을 억지로 맞춰 오고 있었다. 진사의 신분에 오른 이한열이라고 해서 예외가 아니었다. 그렇지만 자유로운 세상에 눈을 뜨니 모든 것이 달라 보였다.

깨닫기 전까지 땅바닥에 붙어서 기어 다녔다면 지금은 하늘 위에서 노니는 셈이었다. 사람에게 있어 자유란 모든 걸 누릴 수 있게 해 주는 원천이기도 했다.

그가 즐거운 마음으로 자유를 만끽하고 있을 때였다.

"죽어라."

"웃기는 소리! 네 놈이나 죽어."

"아악!"

"크윽!"

살기 어린 목소리와 비명 소리들이 끊임없이 이어졌다.

백 명이 넘는 무인들이 서로의 목숨을 빼앗으려고 다퉜다. 바닥에는 붉은 피와 함께 시체들이 나뒹굴고 있었다.

정총의 강력하던 힘이 퇴색하면서 강호 무림은 혼란스러워졌고, 도처에서 사마외도들과 무림방파들이 우후죽순처럼 일어섰다. 신진 세력들의 강력한 등장은 자연스럽게 기성세력들과의 다툼으로 이어졌다.

어중이떠중이들의 다툼이 아니었다.

백 명의 무인들은 하나같이 기를 유형화하여서 뿜어낼 수 있는 절정의 고수들이었다. 반짝반짝 빛나는 검기가 허공을 갈랐고, 영롱하게 빛나는 도강이 대지를 찢어 갈겼다.

물산이 풍부한 섬릉의 지배자였던 풍운방이었다. 백 년이 넘는 장구한 세월 동안 섬릉에서 터줏대감이었던 백도 집단 풍운방 절정 무인들이 혈사천의 도전을 받아 힘겨운 싸움을 벌이고 있었다.

혈사천의 성장에는 화경의 경지에 도달한 혈사 장사인이 있었다. 사파에서 전대천하십대고수로 손꼽히던 장사인은 무려 백 세가 넘는 노괴였다. 한동안 강호 무림에 소식이 없어 죽었다고 알려졌었는데, 이번에 새롭게 강호재출도를 한 뒤 단시간에 혈사천을 만들어 냈다.

은거하기 전에도 천하십대사파 고수의 한 명이었던 장사인은 전보다 훨씬 높은 경지에 올라서 있었다. 사이하고 악독한 명성이 자자한 장사인의 밑으로 수많은 사파 고수들이 결집하였다.

백도 무림에 짓밟히며 어두운 세월을 보내던 사파 고수들은 혈사천의 등장에 환호했다. 암울한 삶을 살던 그들은 물 만난 고기처럼 날뛰었다. 활약할 기회가 나기를 기다리고 있었기에 죽기를 각오하고 싸웠다.

아수라장이었다.

죽고 죽이는 전장에서 사파 고수들은 웃었다.

"흐흐흐! 바로 이 맛이지. 도끼로 찍을 때 느낌이 참으로 설레다. 나, 광부참객이 바로 이 맛을 보기 위해 혈사천에 들어왔다 이거야!"

혈사천 소속의 피투성이 광부참객이 살기 어린 웃음을 토
했다.

작은 손도끼의 자루를 타고 손끝으로 전해져 오는 야릇한
느낌이 무척이나 신선했다. 머리를 찍힌 풍운방 무인이 바르
르 마지막 몸의 떨림을 일으키고 있었다.

"배때기에 기름만 잔뜩 낀 놈! 즐기면서 지낸 네 놈은 무인
의 자격이 없어. 퉷!"

광부참객이 시체에 침을 뱉으면서 서늘한 눈길을 보냈다.

상대는 절정 무인이었지만 수련하지 않고 오랜 시간을 지
냈기 때문에 배가 항아리처럼 볼록했다. 비록 검기를 뿌리는
적이었을지 몰라도 날카로움이라고는 전혀 없었다.

"밋밋한 싸움은 피를 뜨겁게 끓어오르게 하지 않아."

광부참객은 정파 무인들을 죽이지 못하는 대신 십 년이라
는 시간 동안 산에서 벌목을 하며 지냈다. 수많은 나무들을
잘라 내면서 피 흘리며 싸우지 못하는 걸 한탄했다. 손이 까
져 피가 맺힐 정도로 도끼로 나무를 찍어 댔다. 그의 도끼질
은 더욱 매섭고 날카로워졌다. 십년 전이었다면 박빙의 싸움
이었을 것이 압도적인 결과로 나타났다.

"이번에는 맛나는 놈 대가리를 찍자."

나약한 놈 내가리가 아닌 상한 무인의 머리를 도끼로 박살

내고 싶은 광부참개의 두 눈에 살기가 충천했다.

맛있어 보이는 무인들은 주변에 널려 있었다.

풍운방 무인들 가운데에서는 실력이 출중한 자들이 넘쳐났다. 표홀한 신법으로 전장을 누비면서 혈사천 무인들을 쓰러뜨리고 있는 무인들이 다수 있었다. 그들의 팔다리와 병장기에서 유형화된 강기(罡氣)가 쭉쭉 뿜어져 나왔다.

휘익!

광부참객이 손도끼를 강하게 움켜잡은 뒤에 강력한 무력을 자랑하고 있는 검수에게 빠르게 달려들었다.

후우우웅!

벼락처럼 허공을 가르는 손도끼에 부강이 일 장이 넘게 일어났다. 영롱하게 빛나는 붉은 부강이 흉험하게 검수의 머리를 쪼개 갔다.

높은 무위를 자랑하는 절정 고수들의 대규모 다툼은 흉흉하지만 아름답기 그지없었다. 끊임없이 빛나는 강기들의 움직임은 밤하늘의 별빛보다 더욱 빛났다.

처연한 아름다움이었다.

세상에 못 자를 것이 없을 정도로 날카로운 예기가 반짝거리는 빛과 함께하더니 붉은 핏물이 허공을 수놓았다. 그럴 때마다 외마디 비명소리와 함께 잘려진 인체의 일부분이 땅바닥에 나뒹굴었다. 방금 전까지 살아서 미친 듯이 날뛰던 광부참객의 수급도 땅바닥에 떨어진 게 보였다.

"무척 아름답구나."

생사의 현장을 지켜보면서 이한열이 감탄했다.

그의 두 눈이 생생한 전장에서 떨어지지 않았다. 삶과 죽음의 마지막 순간을 담고 있는 생사투에는 환상적이고 신비한 무언가가 있었다. 눈으로 보는 동시에 마음으로 날아드는 그것에 말로 표현하지 못할 감동이 넘쳐났다.

"저들은 최고의 정성을 쏟고 있다. 그렇기에 하나하나의 동작들이 아름답다."

이한열은 두 눈에 들어오는 걸 모두 마음에 담았다. 그러면서 마음으로 어루만졌다. 뜻이 닿는 순간 하나하나의 동작과 무공 초식들이 살아서 숨을 쉬었다.

팔랑! 팔랑!

나비였다.

셀 수 없이 수많은 나비들이 이한열의 마음에 날아다녔다. 날개를 나부끼는 활기찬 나비들이 심연에서 녹아들었다. 그 순간 무공 초식들이 이한열의 뇌리에 각인되었다.

이한열은 열락의 시간을 보냈다.

뛰어난 식견과 혜안을 가지고 그는 현재를 개척하는 데 멈추지 않은 열정과 용기로 꾸준하게 나아가는 중이었다.

저벅! 저벅!

이한열이 더욱 가까운 곳에서 보기 위해 걸음을 내디뎠다.

먼 곳에서 봐도 보는 데에는 하등의 지장이 없었지만 치열한 현장의 분위기를 생생하게 받아들이고 싶었다. 그것이 더욱 공부에 도움이 된다는 걸 알고 있었기 때문이었다.

후우우! 후우우!

바람 소리가 나기 시작했다.

자연스러운 바람이 아니다.

바람은 몸에서 일어나고 있었다. 팔마사천 모공에서 알알이 뿜어지는 바람에 의해 옷자락과 머리카락이 부드럽게 나부꼈다.

"응?"

바람에 휩싸인 이한열의 눈에 이채가 스치고 지나갔다.

스르릭!

말로 표현하기 힘든 느낌에 이한열이 두 눈을 더욱 크게 부릅떴다. 다툼의 현장을 지켜보는 가운데 세상 속에서 홀로 섰다. 오롯이 일어난 마음이 창대하게 커져 갔다.

후우우우! 후우우우!

휘이이이! 휘이이이잉!

조용하면서 암울한 바람 소리는 속삭임이었다. 소리는 하나가 아니었다. 끊임없이 변화하면서 여러 마음의 소리를 마구 던졌다.

영혼의 울림이라고 할까?

직접적으로 알거나 인지하고 있는 배움은 아니었다.

그런데 그건 분명 이한열의 내부에서 울려 나오고 있는 공부였다.

이한열은 자신이 이미 알고 있었다는 걸 어렴풋하게나마 눈치채고 있었다. 묘한 기시감을 받은 그것들은 문자와 문장으로 이뤄져 있었다. 혹은 깨달음으로 된 그 자체의 의미를 지녔다.

끄덕! 끄덕!

이한열이 고개를 위아래로 움직였다.

"인지하지 못했지만 이미 마음은 알고 있었구나."

그가 바람 소리의 속삼임을 인정했다.

그 순간 바람 소리가 강하게 일었다.

후우우우웅! 우우웅웅웅!

지금까지 가볍고 수줍게 불던 바람이 이제는 대기까지 떨리게 만들었다. 모공에서 빠져나오는 울림 소리가 강렬해져 갔다. 점점 창대해져 가는 소리에는 뜻이 실려 있었다.

이한열이 내면의 목소리를 듣고 있었다.

저벅! 저벅!

이한열의 몸이 전장에 가까워지면서 속삭임이 더욱 강렬해졌다. 아름다운 내면의 소리가 가득 울려 퍼졌고, 바람 소리로 인해 대기가 술렁거렸다.

"좋구나."

이한열이 탄성을 터트렸다.

그때였다.

"좋기는 뭐가 좋냐? 뒤져!"

신경질적인 외침과 함께 검이 불쑥 튀어나왔다. 살기가 가득 담겨져 있는 검에서 검기가 충천했다. 동시에 이글이글 불똥을 흘리고 있는 검염이 마구 꿈틀거렸다.

쐐애액!

초식을 따라 움직이는 있는 검기와 검염은 그 자체로 살아 있는 생명체였다.

"뭐가 좋냐고? 살을 저미는 날카로운 살기가 술처럼 달콤하다. 그리고 그 달콤함은 세상 누구에게나 열려져 있지."

흉악한 눈빛을 토해 내면서 달려드는 검수를 보면서 이한열이 친절하게 대답해 줬다.

휙!

이한열이 가만히 손을 앞으로 내밀었다.

스르륵!

장심에서 삐죽한 검첨이 솟아오르기 시작했다.

"오너라!"

배교의 주술과 환술을 통해 몸에 흡수하였던 요검이자 마검인 모산천검이 세상에 현현하고 있었다. 사이한 기운이 스멀스멀 사방으로 퍼져 나갔다. 그 기운을 가장 크게 접한 사람은 바로 눈앞에서 달려들고 있는 검수였다.

"영혼을 베어 오는 이 더럽게 음산한 기운은 뭐지?"

"모산천검의 기운이지."

"모산천검?"

"각각 아홉 개의 해와 달이 그려져 있는 모산파의 기물로 생명을 탐하는 요검이자 마검이야. 바로 지금 너의 생명을 노리고 있지."

이한열이 모산천검을 가볍게 밀었다.

스륵!

모산천검이 수줍게 앞으로 나아갔다.

아주 작고 단순한 동작이지만 쇄도하는 검기와 검염이 모산천검의 움직임에 걸려 그대로 잘려 나갔다. 마치 종이로 된 것처럼 모산천검에 의해서 허무하게 사라졌다.

휘익!

모산천검이 쇄도하는 검수의 심장에 정확하게 닿았다.

푹!

모산천검의 번뜩이는 검신이 가슴을 뚫고 들어가 등 뒤로 빠져나왔다.

스르륵!

붉은 핏물이 검신을 타고 흘렀다.

깜빡! 깜빡!

끔뻑! 끔뻑!

모산천검의 새겨져 있는 열여덟 개의 해와 달이 일제히 살아서 꿈틀거렸다. 피에 담겨져 있는 원초적인 생명의 기운을 게걸스럽게 먹어 댔다.

스팟! 스팟!

요사한 기운이 강하게 요동쳤다. 폭풍처럼 휘몰아치는 요사함이 점점 더욱 커져 갔다. 오랜만에 접한 생기에 모산천검의 사이한 본성이 폭발했다.

"크으윽!"

검수의 입에서 고통스런 외침이 흘러나왔다. 생기가 빠져나가면서 이십 대의 팽팽하던 피부가 칠십 대 노파처럼 쭈글쭈글해져 갔다.

키이이! 키이이!

모산천검이 탁하면서 요사한 울음을 토해 냈다.

"커커컥!"

숨 막히는 비명을 내지른 검수가 기우뚱하면서 쓰러졌다.

가슴과 등 뒤로 뚫린 상처에서는 피 한 방울도 빠져나오지 않았다. 완전히 말라 버린 검수에게서는 생전의 팔팔한 모습을 일체 찾아볼 수 없었다. 부모형제가 와서 본다고 해도 알아볼 수 없는 흉측한 몰골이었다.

"저럴 수가……."

"요검으로 생기를 빨아먹었어."

"요검을 다루는 사악한 놈이다. 저런 놈은 강호의 공적이야."

비참하게 죽은 혈사천 무인의 모습은 피아를 막론하고 놀라게 만들기에 충분했다. 강호 무림에서 흡혈과 흡기에 관련된 무공이나 무인들은 모두 공공의 적이나 마찬가지였다.

모산천검의 요사한 등장은 풍운방과 혈사천의 절정무인 모두에게 공포감과 분노, 적의를 심어 줬다.

"공공의 적이다. 저 놈부터 죽이자."

"좋다. 잠시 풍운방과 혈사천의 싸움은 멈춘다. 요사한 저자를 죽인 다음에 다시 결판을 내겠다."

풍운방주 성서환의 제의를 혈사천주 장사인이 받아들였다.

이한열을 상대로 한 두 단체의 일시적인 협력이 곧바로 이뤄졌다. 화경의 경지에 이른 둘은 이한열에게서 심상치 않은 기운을 느끼고 있었다. 모산천검만 해도 부담스러운 요검이었는데, 더욱 무서운 건 학창의를 입고 있는 이한열이었다.

'쉽게 상대할 수 없는 대적이다.'

'모산천검이 나를 향했다면 막을 수 있었을까?'

성서환과 장사인이 몸을 부르르 떨었다. 높은 경지에 올랐기에 모산천검의 움직임이 얼마나 고등한지 알아차렸다. 공간을 가로질러 곡선을 고요하게 그린 모산천검의 단순함은 둘의 마음에 공포스럽게 새겨졌다. 그렇기에 적과 협력하여 이한열을 먼저 쓰러뜨리기로 마음먹었다.

피식!

이한열의 오른쪽 입꼬리가 위로 올라갔다.

"와라!"

호기롭게 외친 이한열은 눈앞의 적들을 모두 상대하기로 마음먹었다. 상대가 덤벼들지 않으면 그저 스치고 지나갈 인연들이었지만 달려드는 경우라면 이야기가 달라진다.

살기를 피우고 달려드는 적이라면?

살(殺)!

죽음에는 죽음으로 보답하는 것이 강호의 율법이다.

상대를 죽이고자 하는 사람은 죽을 수도 있다는 걸 명심해야 한다. 강호에서 죽음은 누구에게나 공평했다.

그리고 죽고 죽이려는 지금에도 이한열의 사색은 끊어지지 않았다. 제자리에 오롯이 서서 꼼짝도 하지 않고 있는 이한열은 스스로 미쳐 가는 것이 아닌가 사념했다. 쇄도하는 적들의 살기를 온몸으로 받을 때 마음이 복잡하게 움직였다.

번뇌였다.

'죽음을 너무 쉽게 생각하는가?'

생명의 고귀함이 세상에서 가장 소중한 것들 가운데 하나라고 생각하던 때가 있었다. 학자로서 공부하면서 인(仁)을 지상 최고의 가치관으로 받아들였던 때다.

하지만 학자인 동시에 무인이 된 지금은 죽음을 쉽게 행하고 있었다. 수없이 많은 피를 몸에 묻혔고, 그의 손끝에 고혼이 된 사람의 숫자도 적지 않았다.

'쉽다는 의미는 무엇인가?'

이한열의 사념이 깊어졌다.

번뇌와 함께 찾아온 사색의 시간에서 그가 끊임없이 통찰해 나갔다. 이상과 현실은 달랐다. 현실에서 부딪치는 삶의 순간순간들이 가치관들을 뒤흔든다. 이상과 현실이 점점 멀어지면 광기가 일어난다.

사람인 이상 크고 작은 실수를 하기 마련이다.

최적의 선택이었던 것이 차후에는 최악으로 다가올 때도 있다. 개인의 삶은 매순간 변화하고, 세상의 거대한 흐름에 휩쓸리면서 바뀐다. 그렇기에 생각 역시 유동적으로 될 수밖에 없다.

이한열은 이상과 현실을 일치시키기 위해 항상 노력하고 있었다. 그렇기에 살기 어린 공격이 다가서는 백척간두의 순간에서도 사색을 놓지 않았다.

쐐애액! 쐑!

휙! 휘이익!

평범한 일반인들이라면 질겁하고도 남을 공격들이 사방에서 쏟아졌다. 폭풍우처럼 휘몰아치는 매서운 병기들과 유형화된 기운들이 금방이라도 이한열을 참살할 것처럼 보였다.

파라락! 파라락!

휘익! 휘리릭!

옷자락이 찢어질 듯이 펄럭거렸고, 머리카락이 뽑혀 나갈 것처럼 마구 흩날렸다.

'쉽다? 여반장! 죽이려고 달려드는 적들을 상대로는 닥치고 공격이 답일 수도 있다. 사색은 적들을 쓰러뜨린 뒤에 해도 늦지 않다.'

이한열이 답을 내렸다.

추상적인 의미는 살아 있는 생물체와 같아 매순간 변화하는 법!

지금 순간 이한열이 자신에게 맞는 최적의 답을 내놓았다.

학자로서의 답을 끄집어낸 이한열의 전신에서 폭풍우와 같은 기세가 뿜어졌다.

第二章
불광불급

콰아아아! 콰아아아아!

무지막지하게 튀어나온 기세가 쇄도하는 기운들을 모두 침묵시켰다.

티티티팅! 티팅팅!

퍼퍼퍼퍽! 퍼퍼퍼퍽!

기묘한 소리들과 함께 검들이 튕겨져 나갔고, 유형화된 기세들이 잦아들었다.

호신강기였다.

눈에 보이지 않는 투명의 기세가 이한열을 반구 형태로 완벽하게 보호했다. 아니, 보호하는 걸 넘어 덤벼든 사람들을 질겁하게 만들었다.

몸을 보호할 때는 호신강기였지만 반대의 경우라면?

깨달음을 바탕으로 한 진정한 강기는 처음에는 이한열의 전신을 덮을 정도로 작았지만 점차 퍼져 나가기 시작했다.

푸푸푹! 푸푸푸푹!

푸쉬쉬쉬! 푸쉬쉬쉬쉬!

바람 빠지는 소리와 함께 이한열 주변에 있던 사람들이 그대로 부서져 나갔다. 말 그대로였다. 거대한 호신강기의 기운을 접한 사람들이 육체 그대로 바스러졌다. 무지막지한 기세 앞에서는 한철로 만든 보검이라고 해도 예외가 아니었다.

"피해라! 무지막지한 강기의 물결이다."

"휩쓸리는 순간 죽는다."

이한열에게 덤벼든 무인들이 눈앞에서 먼지가 되어 사라지는 광경을 지켜본 자들이 몸서리쳤다. 어지간한 걸 넘어 비집고 들어갈 틈도 보이지 않았기에 공포감에 질렸다.

탓!

휘익!

아직 살아남은 사람들이 몸을 가볍게 한 상태로 황급히 이한열에게서 멀어지려고 했다. 놀라운 경신술을 자랑하는 사람들이 순식간에 거리를 벌렸다. 그러나 피륙을 지닌 사람의 경신술에는 한계가 있었고, 눈에 보이지 않는 기세에는 속도의 제한이 없었다.

이한열을 중심으로 칠 장 안의 모든 사람들에게 호신강기의 기운이 휘몰아쳤다.

푸푸푹! 푸푸푸푹!

푸쉬쉬쉬! 푸쉬쉬쉬쉬!

파멸의 소리가 동시다발적으로 터졌다.

칠 장 안의 범위에 있던 사람들의 모습은 더 이상 세상에 존재하지 않았다.

마치 아수라가 칠 장이라는 공간에 현신한 것처럼 보였다.

아수라장!

먼지만 흩날리는 깨끗한 아수라장인 셈이었다.

칠 장의 공간에 있던 사람들은 모두 아수라장에 휩쓸려 세상에서 지워졌다.

휘이잉! 휘이잉!

때마침 바람이 휘몰아쳤다.

무수히 많은 먼지들이 바람을 타고 흩날렸다. 사람들이 방금 전까지 동료였던 먼지들을 온몸에 뒤집어쓴 채 공포에 질린 표정을 지었다.

"으으으! 감히 대적할 수 없는 상대야."

"끝이 보이지 않아."

"도망치는 것이 답이야. 싸워서 해결을 볼 수 있는 사람이 아니다."

공포에 질린 절정 무인들이 황급히 이한열에게 벗어나기 위해 몸을 놀렸다.

그 가운데 가장 멀리 떨어졌던 염소수염을 한 사람이 한 마리 비조처럼 몸을 날렸다. 땅을 박찰 때마다 삼 장씩 쭉쭉 나아갔다.

푸욱!

무언가 꽂히는 소리와 함께 염소수염 사내가 몸을 부르르 떨었다. 단발마의 비명소리도 내지 못한 사내의 정수리에 구멍이 뻥 뚫려 있었다.

휘익!

정수리를 꿰뚫고 들어갔던 모산천검이 사타구니를 통해 빠져나왔다. 급속으로 생기를 흡수한 상태로 요사한 기운을 마구 흩뿌렸다.

푸욱! 푹!

퍼퍽! 퍽!

모산천검이 이한열에게서 도망치는 적들을 쫓아가 모조리 꿰뚫어 버렸다. 살아있는 사람들을 꼬치처럼 꿰뚫어 버리면서 허공을 질주했다.

"으아악! 따라오지 마."

"저리 가. 제발 살려 줘."

"이건 악몽이다. 빨리 꿈에서 깨어나고 싶어."

도망치려 했던 사람들이 결국 모조리 죽어 나갔다. 동작이 늦어서 도망치지 못한 사람들은 감히 현장에서 이탈할 생각을 갖지 못했다.

"심검이다."

놀라운 광경을 목격한 풍운방주 성서환의 두 눈가에 경련을 일어났다. 화경에 도달한 성서환이라고 해도 심검에서 자유롭지 못했다.

"심어검에 다다랐어. 마음이 미치는 곳에 검이 노니니 벗어날 수가 없는 것이야."

수어검의 경지에 이른 혈사 장사인은 이한열의 검에 천지조화의 이치가 깃들어 있음을 알아차렸다. 목어검을 얻기 위해 노력하고 있지만 그 경지는 쉽사리 접근을 허락하지 않았다.

수어검에서 목어검으로 발전하고 거기에서 더 나아가면 심어검이 된다.

이기어검 단계의 시작인 수어검은 검을 멀리 떨어뜨리지 못하고, 목어검은 눈에 보이는 모든 공간에 검을 날릴 수 있다. 심어검은 마음이 가는 대로 검을 다루는 단계로 진정한 이기어검이라고 할 수 있다.

그들이 본 것처럼 심어섬인 것은 틀림없었다.

하지만 거기에는 또 하나의 특별함이 존재하고 있었다. 요검이자 마검인 모산천검은 살아있는 영령지검이었다. 이한열의 의도에 의해서 허공을 질주하면서도 스스로 생각하고 궤적을 바꿀 수 있었다.

키이이! 키이이!

모처럼 대량으로 식사할 수 있게 된 모산천검이 미쳐서 날뛰었다. 그리고 요기를 마구 뿌리면서 허공을 질주하는 모산천검에 이한열이 힘이 실어 줬다.

"나는 자비롭지 않다. 살아남고자 하는 자는 나를 쓰러뜨려라."

이한열은 살기를 뿌리면서 다가섰던 적들의 후퇴를 허락할 마음이 눈곱만치도 없었다.

"잔인하다."

"극악한 놈!"

"이정도 했으면 충분하지 않습니까? 살려 주십시오."

"귀인을 몰라뵈었습니다. 집에서 저를 기다리고 있는 노모와 토끼 같은 자식들이 있습니다. 제발 자비를 베풀어 주십시오."

풍운방과 혈사천의 절정 무인들이 일제히 이한열의 잔악무도함을 규탄했다. 혹은 자비를 구하기 위해 땅바닥에 무릎을 꿇고 빌었다. 심지어 오체투지를 하는 사람들도 있었다. 살아남기 위해 자존심까지 다 버린 셈이었다.

"책임질 일을 저질렀으면 책임져라. 자고로 타인을 죽이려고 하면 자신의 목숨을 먼저 내놓을 줄 알아야 하는 법이다."

이한열의 마음은 처음과 다름이 없었다.

세상살이에는 책임질 일이 많은데 근래 들어 사람들에게 책임감이 너무나도 많이 사라졌다. 특히 공직에 있는 관리들 가운데 그런 사람들이 적지 않았다. 관직에 몸을 담고 있는 이한열은 그런 경우를 많이 지켜봐 왔다.

그는 자신에게 너그러울지 몰라도 이익과 연결되어 있지 않은 이상 타인에게는 엄격했다.

스륵!

하늘을 향해 올라간 이한열의 우수가 대지를 향해 떨어졌다.

휘이익!

손등을 타고 쭉 일어난 수기가 땅바닥에 머리를 박으면서 빌고 있던 사내의 머리에 그대로 떨어졌다.

푸화학!

붉은 핏물이 대지를 붉게 수놓았다.

데구르르!

잘린 수급이 땅바닥을 데굴데굴 구르다가 멈췄다. 어떻게 죽는지도 몰랐던 사내의 두 눈동자에서 생기가 빠른 속도로 사라졌다.

"빌다가 죽든, 도망치다가 죽든, 싸우다가 죽든 그것은 나와 상관없다. 어떻게 죽는지는 너희들의 선택이다. 다만 나는 너희들을 죽일 뿐이다."

살기가 충천한 이한열은 선언과 함께 양손을 마구 흔들었다.

휘이익! 휘익!

수많은 수기들이 뻗어 나갔다.

빠르게 나아가는 수기들이 속도 때문에 초승달처럼 휘어졌다.

후두둑! 후두둑!

수기에 적중당한 육신들이 붉은 피와 함께 여러 조각으로 잘려 사방으로 나뒹굴었다. 수기들이 난무하면서 사방에서 비명 소리들이 울렸다.

지독한 참사의 현장이었다.

"으아악!"

"대체 우리와 무슨 원한이 있어서 이러는 것이냐?"

학살당하고 있는 사람들이 울부짖었다. 갑작스럽게 난입한 이한열로 인해 목숨을 위협당하고 있었기에 미치고 환장할 노릇이었다.

"옷깃만 스쳐도 인연이라면 살기만 뿌려도 인연인 법! 그 인연의 끝을 보기 위해 행한다는 데 무슨 말들이 그리 많은가? 억울하면 나를 쓰러뜨리면 된다."

적들을 바라보고 있는 이한열의 눈빛은 여전히 차가웠다.

높은 경지에 올라 있기에 적들을 상대로 압도적인 학살을 자행할 수 있었다.

그러나 경지가 낮았다면?

죽는 사람은 이한열이었다.

평범하게 여느 때처럼 길을 지나치다가 목숨을 잃는 상황에 이르는 것이다.

사람의 입장은 어디까지나 상대적인 것이다.

역지사지!

풍운방과 혈사천의 사람들이 억울해하고 있지만 반대로 생각해 보면 이한열도 할 말이 많았다. 그렇기에 마구 손을 휘두르고 있는 이한열의 움직임에는 자비가 일절 존재하지 않았다.

몰살!

이한열은 적 모두의 죽음을 원했다.

그리고 그걸 위해 부지런히 손을 움직였다.

"이대로 죽지는 않겠다. 네 놈의 오른손이라도 가지고 저승으로 가겠다."

"이판사판이다. 함께 죽자."

잔인한 행사에 치를 떨던 무인들의 두 눈에서 원독이 마구
뿜어져 나왔다.

쥐도 막판에 몰리면 고양이를 무는 법이었다.

더 이상 물러설 곳이 없게 된 무인들이 동귀어진을 펼치기
시작했다. 죽음을 각오하고 달려드는 무인들의 공격은 종전
에 비해 족히 두세 배는 강해졌다.

"하하하! 좋다. 미친 듯 달려들어 상대를 물어뜯어 삶을
도모하는 것이 바로 강호인의 삶이지."

이한열의 입가에서 호탕한 웃음이 튀어나왔다.

불광불급(不狂不及)!

미치지 않으면 미치지 못하는 법이다.

미칠 듯이 빠지면 도달할 수 없을 것이라고 생각했던 곳에
이를 수 있다. 미치게 내달려서 경지에 이른 것이 바로 지금의
이한열이었다.

절망에 빠져 자비를 구하던 적들의 생존 가능성은 전무했
다. 하지만 죽기를 각오하고 개떼처럼 달려드는 지금은 실낱
같지만 살아남을 길이 존재했다.

"천참만륙! 죽어라."

"초월사검! 만악혈월!"

사방에서 달려드는 절정 무인들이 이한열을 죽이겠다는 기
세를 드높였다. 최후의 힘까지 올올이 끌어올린 무인들의 공

격이 매서웠다. 평생 단 한 번도 선보이지 못했을 놀라운 공격들을 뿜어냈다.

"마지막을 향해 달려가는 그대들을 위해 제대로 된 나의 일부분을 보여 주겠다."

적들의 공격에 감탄한 이한열이 환하게 웃으며 선언했다.

무지막지한 무위를 뿜내던 이한열은 제대로 된 힘을 보이지 않고 있었다. 그럼에도 불구하고 적들을 압도적으로 짓눌러 왔다.

"크윽!"

성서환의 입에서 침음이 새어 나왔다.

요란한 가운데 이한열의 음성이 그의 귀에 고스란히 전해져 왔다. 마치 바로 옆에서 말하는 것처럼 선명했다.

와그작!

장사인의 얼굴이 코를 풀은 휴지 조각처럼 뭉개졌다.

"지금까지는 장난이었다는 것인가? 제대로 된 힘이라면 대체 어느 정도이지?"

감히 상상할 수도 없는 그였기에 두려움이 밀물처럼 밀려왔다. 천하십대사파 고수라고 추앙을 받고 있었지만 압도적으로 강한 힘 앞에서 쪼그라들었다.

푸화확! 푸화화확!

이한열의 몸에서 붉은 기운이 폭죽처럼 뿜어졌다. 배교의 신물인 천인혈골에서 강대한 힘이 마구 솟구치면서, 혈혼피도 함께 요동쳤다. 천인혈골이 혈혼피에게 기운을 몰아주었고, 혈혼피가 재차 천인혈골에 기운을 쏘았다. 선순환을 이루면서 돌아가는 구조 속에서 기운들이 지속적으로 커져 갔다. 무지막지한 기운이 울부짖으면서 주변을 가득 채워 나갔다.

오랜 시간과 공간을 뛰어넘어 진정한 배교 교주의 강림이 이뤄졌다. 신성을 가지고 있는 이한열로 인해 주변 대기가 뒤흔들렸다. 대지까지 놀랐는지, 땅거죽이 뒤집히면서 흙먼지가 자욱하게 일어났다.

드드드! 드드드드!

쩌저적! 쩌저저적!

이한열을 중심으로 대지가 지진이라도 난 것처럼 뒤흔들렸고, 가뭄에 마른 논바닥처럼 쩍쩍 갈라졌다. 대기와 대지가 마구 요동쳤다. 마치 자연이 버티지 못하고 비명을 내지르는 것처럼 느껴졌다. 일반적인 사람이 도저히 살 수 없는 공간으로 변해 갔다.

"허허허! 자연까지 조절할 수 있는 단계란 말인가? 내가 갓 태어난 아기라면 저자는 태산을 옮길 수 있는 거인이로구나. 저자는 손가락 하나만으로도 나를 짓눌러서 죽일 수 있다."

"아아아! 애당초 살아남을 가능성이란 없었다."

부하들을 전면으로 내세운 채 후방에서 이한열의 빈틈을 노리고 있던 성서환은 허탈한 표정을 지었고, 기회를 틈타 도망치려던 장사인은 그 마음을 접어 버렸다.

사실 둘은 사생결단의 자세로 싸움에 임하는 부하들의 모습을 목격하면서 삶에 대한 일말의 희망을 가지고 있었다. 죽을 각오로 달려드는 광경은 장관이었고, 공격은 평소와 달리 무척이나 위력적이었다.

상식적으로 죽음을 각오한 절정 무인들의 공격은 고수들을 긴장시키기에 충분했다. 부하들의 공격을 직접 받게 된다면 성서환과 장사인 역시 쉽게 대처하지 못할 정도였다.

그러나 둘을 비롯한 장내의 모든 사람들은 이한열의 진정한 힘을 알고 있지 못했다. 이한열이 가지고 있는 힘을 조절하고 있을 줄은 상상도 하지 않았다.

"이건 꿈이야. 절대로 현실이 아니야. 이런 힘을 사람이 발휘할 수는 없는 법이니까."

"아아아아!"

"여기가 내 무덤이구나."

이한열의 진정한 저력을 목격한 사람들의 얼굴 표정이 절망적으로 바뀌었다. 강하게 압박해 오는 압도적인 힘 앞에서 겁을 먹었고, 발광하였고, 혹은 모든 걸 내려놓았다. 사람들은 이세 곧 닥쳐 올 파멸적인 순간을 인지하고 있었다.

드드드드! 드드드드!

고오오오! 고오오오!

일대를 가득 메워 나가고 있는 엄청난 기운과 기세들로 인해 주변이 점점 어둡게 변해 갔다. 자욱하게 일어난 흙먼지가 햇볕을 막아 갔다. 대낮인데도 불구하고 주변이 깜깜해져 가는 현상이 벌어졌다.

일대가 모두 이한열의 공간이었다.

전장에 있는 풍운방과 혈사천의 모든 사람들은 이한열의 공간에 잡혀 있었다. 그리고 그 사람들의 삶과 죽음에 대한 권한은 이한열에게 존재했다.

절망감으로 물든 사람들과 달리 이한열의 표정은 너무나도 평화로웠다. 아수라장으로 변해 가고 있는 가운데 오직 이한열이 서 있는 대지 위만 깔끔했다. 오롯이 서서 일대를 주관하고 있는 그의 눈에 차가운 빛이 스치고 지나갔다.

"암흑혈멸뢰!"

이한열이 고대 배교의 주술이 가미된 무공을 현세 무림에 끄집어냈다.

배교가 혈마교와 마교에 의해 멸망에 가까운 타격을 입었던 배경에는 대자연까지 지배할 정도로 강력한 주술과 무공이 있었기 때문이었다. 현 무림에서 가장 강대한 세력을 논할 때 빠지지 않는 혈마교와 마교까지 두려움에 질리게 만든 주술과 무공이 존재감을 강렬하게 드러냈다.

암흑혈멸뢰는 지금 당장 이한열이 펼칠 수 있는 최강의 무공은 아니었지만 풍운방과 혈사천의 무인들을 상대로는 넘치고도 남았다. 너무 흘러 넘쳐서 문제일 정도였다.

빠직! 빠지직!

콰콰콰콰! 콰콰콰콰!

암흑 공간에서 신성의 힘을 지닌 붉은 뇌전이 마구 일어나면서 사방으로 뻗어 나갔다. 이한열의 마음에 의해 조율되는 붉은 뇌전들이 풍운방과 혈사천의 무인들에게 작렬했다. 가로막는 모든 걸 깨부수면서 들어가는 붉은 뇌전은 그 자체로 경이로웠다.

"크아아악!"

"아아악!"

"커헉!"

무지막지한 붉은 뇌전이 작렬할 때마다 무인들이 단발마의 비명을 토해 냈다.

화르륵! 화르르르륵!

파스스! 파스스스!

뜨거운 양의 기운의 담고 있는 붉은 뇌전 때문에 활화산에라도 빠진 것처럼 사람들이 활활 타올랐다.

주르륵! 주르륵!

사람들의 신형이 물처럼 녹아내렸다. 사람의 피와 뼈, 머리카락 등은 어디에도 보이지 않았다. 그리고 지독한 열기에 의해 땅거죽도 시커멓게 타들어 갔다.

위대하고 신성한 힘을 담고 있는 배교의 힘 앞에서 이한열을 적대한 모든 사람들이 소멸됐다.

휘이이이! 휘이이잉!

바람이 부는 가운데 어둠의 대지 위로 햇볕이 여러 갈래로 내리꽂히기 시작했다. 흙먼지가 가라앉으면서 일대를 뒤덮고 있던 어둠이 점점 사라졌다. 대자연의 흐름 앞에서 인위적인 힘이 쓸려 나갔다.

땅거죽이 일어난 탓으로 일대의 지형은 완전히 뒤바뀌었다. 평화로웠던 공간을 아수라장으로 만들어 놓은 이한열의 눈빛은 지극히 담담했다. 일순간 백여 명에 달하는 생명력을 빼앗았는데도 불구하고 일체의 동요가 보이지 않았다.

신성을 얻고 난 뒤로 그의 마음에서는 인간적인 감성이 일정 부분 사라져 버렸다. 인간의 마음과 신성의 부분이 충돌을 하는 중이었다. 지금 이한열은 더욱 높이 비상하기 위한 과도기의 시간을 보내고 있었다.

혼란스런 시간을 보내는 과정에서 이한열이 뭔가 조치를 취하지 않으면 허물어질 수 있었다. 갈라진 길에서 잘못된 길을 선택했을 때는 신성을 잃고 추락한다.

사람은 원래 걸었던 길 위에서 어긋날 때 방황하거나 혼란스러워하기 마련이다. 이한열이 앞으로 나아갈 길은 이제껏 사람들이 걸어 보지 못한 길 가운데 하나였다. 사람으로 태어나 신성을 얻는다는 건 아무에게나 제공되는 혜택이 아니었다. 오로지 선택받은 사람들만 누릴 수 있는 축복이었다.

저벅! 저벅!

이한열이 걸음을 내디디면서 입을 열었다.

"걷다 보면 도착하기 마련이다. 앞을 가로막는 것이 있다면 치워 버리고, 막아서는 사람이 있다면 지워 버린다."

현재 자신의 상태를 잘 알고 있는 그였다.

그렇기에 이한열이 다소 과도하게 힘을 쏟아 내면서 몸에 있는 짜증과 불만을 털어 냈다. 평소라면 적들을 살려 줄 수도 있었지만 내면의 마음을 풀어 버렸다.

사람은 살아가면서 수많은 인연들과 이야기를 쌓아 나간다. 옷깃만 스쳐도 인연인 사람들과의 이야기들이 하나하나 축적되면서 한 사람의 일생이 만들어진다. 그 일생에서 정체성을 잃지 않기 위해 이한열이 이기적인 면을 잔뜩 드러냈다.

나무는 초록빛으로 무성했고, 푸른 하늘에는 하얀 구름이 점점이 떠다녔다.

봄과 여름이 지나면 가을 그리고 겨울이 오듯이 이한열은 혼란스러운 과도기 과정에서도 자신의 정체성을 잃어버리지 않았다. 불만스럽고 짜증이 나도 편안하게 현재 상황을 유지할 수 있도록 매순간 노력했다.

신성을 지니고 있지만 이한열은 인간으로 남으려고 이기적인 마음을 버리지 않았다. 이기심을 잃어버리는 순간 자신답지 못하게 된다는 걸 잘 알았다.

저벅! 저벅!

이한열은 자기를 위하는 마음을 지닌 채 계속 앞으로 나아갔다. 그것이 점점 구속하려고 드는 불만과 짜증에서 벗어나는 해방구 역할을 하였다.

자신이 만들어 놓은 참상을 뒤로 밀어내고 드넓은 세상을 향했다. 조금 찌그러지고 불만스럽더라도 훌훌 털어 버리면서 말이다.

목숨을 잃어버린 백여 명의 사람들에게는 미안한 일이지만 이한열은 아전인수의 방식으로 자신만의 삶의 이야기를 잘 풀어 나갔다. 타인에게 손해를 끼치면서 이득을 챙겼으니 그걸로 됐다는 못된 심보였다.

작금의 참상을 알게 된다면 거의 모든 사람들이 이한열을 욕할 것이 분명했다. 하지만 이한열은 떳떳했다.

기분 나쁘면 덤벼라!

장애물이라면 기꺼운 마음으로 치워 주겠다.

앞으로 이런 상황이 또 다시 벌어진다고 해도 지금처럼 과도하게 힘을 쓸 준비는 항상 되어 있었다. 전혀 마음의 가책을 받지 않는 건 아니지만 그래도 이득을 챙기는 것이 먼저였다.

힘을 가지고 있는 이한열의 방식이었다.

"뒤돌아보지 않고 앞으로 나가기에 좋은 날씨다."

씨익!

스스로에게 박수를 쳐 주고 싶은 이한열이 자유롭게 웃었다. 자신을 이기적으로 사랑하는 이한열이었다.

경쾌한 발걸음과 함께 마음에 깃든 불만과 짜증 그리고 후회 등을 훌훌 털어 냈다. 내딛는 발걸음이 점점 가뿐해져 갔고, 얼굴 표정이 싱그러워졌다.

"신작을 써 볼까?"

이한열의 마음에 글을 쓰고 싶다는 마음이 불쑥 일어났다. 창작의 욕구가 불길처럼 솟구치고 있었는데, 방금 전에 저지른 참상과 마음의 변화 탓이 컸다. 경험하고 얻은 것을 풀어 낼 작정이었다.

해방구이면서 배출구라고 할까?

저벅! 저벅!

이한열이 걸으면서 신작에 대한 이야기를 다듬어 갔다. 흥미로운 도입 부분과 함께 군데군데 부족한 이야기들을 채워 나갔다. 다소 이야기가 꼬이는 부분도 있었지만 그럴 때마다

고민하여서 좋은 방향으로 이끌어 냈다. 내면에서 무한한 사색과 사념이 이어졌고, 그것들을 신작에 대한 도도한 흐름으로 소화했다.

第三章

삽화가

슥!

천도훈이 검을 들었다.

스르륵!

그의 검이 허공에 춤을 추면서 강직한 궤적을 그려 내기 시작했다. 얼핏 뻣뻣하다고 느껴지는 궤적에는 유려한 곡선과 부드러움이 녹아들어 있었다.

천도훈은 매일 아침저녁으로 염왕구도를 수련하고 있었다.

마치 허공에 그림을 그리는 것처럼.

배교 암흑좌사의 독문검법 가운데 하나인 염왕구도였다.

염왕구도는 아홉 가지의 도(道)를 깨우치는 검법인 동시에 배덕자들을 처단하는 패도의 검법이었다. 패도적인 동시에 배교의 교도들에게 극상성의 도리를 담고 있었다. 배교를 배신한 무리들이 가장 무서워하는 무공 가운데 단연코 수위를 차지했다.

"호오!"

허공에 그려지고 있는 궤적들을 보며 이한열이 감탄했다.

"암흑좌사의 염왕구도는 검법의 틀에서 벗어났다. 허공이라는 화폭에 검으로 그림을 그려 넣고 있다. 강직한 패도를 담고 있어서 얼핏 딱딱해 보이지만 살아서 숨을 쉬는 것처럼 생생함을 주고 있다. 검도로 치면 생검인 셈이지."

스치기만 해도 생기를 갉아먹는 사검과 반대되는 개념이 바로 생검이었다. 생검은 사검을 익히는 것보다 더욱 어려웠다.

가뭄에 바짝 말라서 누렇게 죽어 가는 화초에 생검을 휘두르면?

놀랍게도 화초가 생생하게 피어난다. 노랗게 변한 화초가 푸르게 다시금 생명력을 얻는다.

생검은 죽이는 것이 아니라 살리는 검도였다.

사검은 검법만을 죽어라고 익혀도 도달할 수 있는 반면 생검은 도를 깨우쳐야 가능했다.

콰아아! 콰아아!

패도의 힘을 담고 있는 검이 묵직하게 허공을 찢어 갈겼다. 날아오르는 궤적들의 호쾌한 소리가 사방에 가득 퍼졌다.

파아앗! 파아앗!

지독한 패도에 대기가 일그러져 나갔다.

천도훈은 몸에 익은 염왕구도의 궤적을 따라 검을 휘둘러 나갔다. 그동안 그려 왔던 궤적과 동일하면서도 미묘하게 다른 걸 느꼈다.

'깊어졌다.'

천도훈의 눈에 경이로움이 흘렀다.

염왕구도가 정체되어 있다고 느껴 온 지 벌써 삼 년이란 세월이 넘었다. 하나하나 차곡차곡 쌓아 온 공부들을 바탕으로 해도 벽을 넘어서기란 쉽지 않았다.

그런데 지금 염왕구도를 막아서고 있던 벽에 구멍이 생겨났다.

'왜?'

천도훈이 고뇌했다.

그리고 그의 두 눈에 호기심 어린 눈빛으로 자신을 바라보고 있는 이한열이 가득 새겨졌다.

'염왕구도에 변화가 생긴 건 교주 덕이다. 신성을 옆에서 받고 있기 때문이다. 암흑좌사가 교주의 왼쪽에 서야 하는

건 신성을 많이 받기 위해서이기도 한 것이야.'

천도훈은 이한열의 왼쪽에 서 있을 때 비로소 완벽해질 수 있는 존재였다. 교주를 깔아뭉개고 위로 올라서려고 했던 고대의 암흑좌사는 한마디로 어처구니없는 짓을 저지른 것이었다.

진정한 배교 교주로 등극한 이한열을 존경하는 마음이 더욱 크고 또렷해졌다. 처음 만났을 때는 의무적인 마음이 강했다면 지금은 신앙처럼 받들어야 한다는 생각이 마음에 깃들었다.

배교에서 교주의 위치는 절대적이었다.

배교가 몰락한 건 암흑좌사와 광명우사 사이에서 벌어진 내분 때문이기도 했지만 본질적으로 교주가 신성을 잃어버렸던 것이 문제였다.

절대적인 힘을 상징하던 신성이 사라지자 신도들에게 배신의 마음이 깃들었다. 특히 신성을 직접 확인하지 못한 신도들은 기꺼이 교를 배신하는 행동을 저질렀다. 그 결과 배교는 멸망에 가까운 엄청난 피해를 입었다.

암흑마환의 인도를 받아 이한열을 처음 만났을 때, 천도훈은 그대로 오체투지로 부복했다. 암흑좌사라고 밝히고 생사를 이한열에게 맡겼다.

그는 배덕자의 후예라는 꼬리표 때문에 교주가 목숨을 빼앗겠다고 해도 기꺼이 목을 내밀 작정이었다.

이한열은 알아서 찾아온 암흑좌사를 내치지 않고 속으로
환호성을 내질렀다.

'야호! 호박이 넝쿨째 굴러 왔다.'

절대적인 무력을 가지면서 맹목적인 믿음을 보내고 있는
부하를 얻는다는 건 하늘의 별따기처럼 어렵다.

그는 다방면으로 사용할 수 있는 유능한 암흑좌사의 합류
를 진심으로 반겼다.

휘익! 휙!

이한열을 신심으로 받들 준비가 된 천도훈이 검을 휘둘렀
다. 염왕구도의 초식을 따라 움직인 검에는 패도적인 가운데
현묘한 기운이 감돌았다. 금방이라도 살아서 튀어나올 것만
같은 생검의 기운이 사방으로 퍼져 나갔다.

우우우웅! 우우우웅!

카아아아아! 카아아아아아!

용음과 귀곡성이 찢어지게 울리는 가운데 오랜 세월 드러
나지 않았던 염왕구도의 염왕이 현 무림에 강림하려 하고 있
었다. 무지막지하게 허공을 찢어발기는 검 사이로 마침내 염
왕이 잠에서 깨어났다.

쿠우우우우! 쿠우우우우!

염왕이 유형화되어 떡하니 모습을 드러냈다.

죽은 이의 영혼을 다스리고 생전의 행동을 심판하여 상벌을 주는 지옥의 왕!

염왕!

완성의 단계가 없는 염왕구도이지만 지고한 경지에 도달했다고 말할 수 있는 진정한 단계가 바로 염왕의 등장이었다.

염왕구도는 염왕이 등장하기 전의 단계와 그 이후로 나뉘어진다. 후자의 단계에 이르러야 염왕구도의 진정한 힘을 펼칠 수 있게 된다.

쿠쿠쿠쿠! 쿠쿠쿠쿠!

염왕이 묵직한 기운을 뿌려 대고 있었지만 그 형체가 희미했다. 이제 막 세상에 모습을 드러냈기 때문에 부족함이 있었다.

주르륵! 주르륵!

천도훈의 이마에서부터 구슬땀들이 흘러내렸다.

한서불침의 단계에 이르러 땀 흘릴 일이 없었지만 염왕을 세상에 보여 주면서 엄청난 열기를 뿌리게 돼 발생한 이변이었다.

염왕의 힘은 대기를 떨리게 만들 정도로 대단한 대신에 그 대가로 엄청난 진기 소모와 강대한 육체가 필요하였다.

천인합일에 이른 천도훈이라고 해도 염왕을 소환할 수 있는 시간은 반의 반 각에 불과했다. 그것도 최선을 다했을 때의 경우였다. 더욱 많은 수련이 필요했고, 보다 큰 내공이 있어야만 염왕이 강대해진다.

이한열을 만난 것이 천도훈의 인생에 있어 커다란 전환점이었다.

고오오오오!

염왕이 점점 투명해지는가 싶더니 사라졌다.

휘익! 휙!

검을 움직이는 천도훈의 속도가 점점 느려지기 시작했다.

내공을 전부 소진한 천도훈은 땀으로 목욕을 한 것처럼 보였다. 노곤해진 몸에서 시큼한 땀내를 폴폴 풍기면서도 천도훈의 눈빛은 영롱하게 빛났다.

"후우!"

천도훈이 숨을 길게 내쉬었다.

스륵!

천도훈이 검을 내려뜨리면서 염왕구도의 아침 수련을 끝냈다.

몸은 피곤했지만 정신은 어느 때보다 생생했다.

염왕 소환이 천도훈을 힘들게 했지만 달콤함을 선사해 줬다. 전신의 힘을 탈탈 털어 간 염왕이었지만 대신 앞으로 나아갈 길을 알려 줬다. 앞을 가로막던 장애물에 구멍이 송송 뚫렸고, 염왕 소환을 반복하면 언젠가는 그것을 완전히 없애

버리는 것이 가능했다.

망치가 쇠를 두드릴수록 강해지듯 염왕 소환을 통한 흑사는 암흑좌사를 강하게 만들어 준다. 천도훈은 이런 흑사라면 기꺼이 할 준비가 되어 있었다.

염왕을 소환하면서 암흑좌사는 잃어버렸던 고대 배교의 힘을 되찾을 수 있다. 무림에서 잊힌 암흑좌사의 힘이 깨어나서 활성화하려 했다.

'예전이라면 죽었다 깨어나도 이해할 수 없었는데, 지옥수라참과 암흑천검의 일부분을 깨우쳤다.'

천도훈이 전대 암흑좌사에게 배웠던 수많은 공부들 중에는 불가해의 무공들이 포함되어 있었다. 단지 머릿속에 익힐 수 없는 무공으로 기억만 했을 뿐인데 지금 그 실마리가 풀리고 있었다. 그것도 쉽고 편하게 익힐 수 있도록 말이다.

슥!

천도훈이 이한열을 향해 고개를 숙였다.

존경의 마음을 듬뿍 담은 천도훈의 이마가 땅에 닿으려고 할 정도였다.

'교주 옆에 있지 않으면 암흑좌사는 살아도 산 것 같지가 않다고 한 스승님의 말씀을 이제야 이해할 수 있겠다.'

있어야 할 곳에 위치하지 못하는 삶은 비극이다. 강대한 힘이 뻔히 보이는데도 불구하고 얻지 못한다는 현실이 전대의 암흑좌사들을 절망으로 몰아넣었다. 그들은 뼈저리게 반성하면서 새롭게 등장할 교주를 간절하게 원했다. 배교의 신께 기도를 하고 있었지만 그것이 불가능에 가깝다는 사실을 잘 알았다.

암흑좌사와 광명우사의 싸움 당시 교주의 신성과 관련된 모든 무공과 주술, 술법들은 송두리째 없어진 상태였기 때문이었다.

그런데 떡하니 배교의 교주가 등장하였다.

그것도 신성을 지닌 채로 말이다.

암흑좌사를 비롯한 배교신도들에게는 생각지도 못한 복이 넝쿨째 굴러서 들어온 셈이었다. 배교의 신도들에게 교주가 없다는 건 악몽이었다.

배교의 신도들은 사실 할 말이 없었다.

오래 전에 배교와 교주를 배반했기 때문이었다. 원죄를 지니고 있는 자들의 후손들은 새로운 교주 이한열의 처분만을 바라볼 수 있었다.

이한열이 기존 배교의 흔적을 모두 지워 버리겠다고 나선다 해도 배덕의 무리들은 감히 저항할 수 없었다.

배덕자들이 살아남기 위해 발광을 한다면?

신성을 지닌 이한열의 손끝에 그대로 터져나갈 수밖에 없는 하찮은 존재로 전락한다. 배교의 신도들이 지니고 있는 힘은 모두 신과 교주로부터 시작된다.

이한열의 등장은 배교 후예들에게 희망인 동시에 재앙이었다. 이한열의 선택에 의해 안락한 신앙생활이 시작될 수도 있고, 끔찍한 미래가 도달할 수도 있다.

이한열이 따뜻한 마음으로 배교 후예들을 보듬어 안는다면 절대적인 보호자로 떠오르는 것이고, 차가운 마음으로 응징하려고 한다면 파멸의 재앙이 된다.

'저는 진실로 당신을 믿고 따르겠습니다. 배덕자의 후예들을 품는다고 하면 암흑좌사로서 신도들을 보호하겠으며, 응징하겠다면 배덕의 길을 걸었던 후예로서 가장 먼저 자결을 하겠습니다.'

한동안 멈췄다가 고개를 든 천도훈이 이한열을 우러러보는 눈초리로 바라보았다.

"염왕구도의 모습이 무척이나 인상적이었네."

"감사합니다. 모두 교주님의 신성 덕분입니다."

"그림을 배웠나?"

이한열이 눈빛을 반짝이며 물었다.

"갑자기 그림이라니요?"

"염왕구도를 따라 펼치는 검을 보면서 마치 붓과 같다고 느꼈지. 화가가 붓을 들고 필생의 대작을 그리는 모습이었다네."

"……."

천도훈이 잠시 침묵했다.

그림을 삶의 동반자로 여기고는 있었지만 그것이 자신의 검법에 나타나고 있다는 사실은 미처 알아채지 못했다.

그림에 대한 제대로 된 공부가 없었기에 천도훈은 미처 알지 못하는 상태에서 행했던 것이다. 다방면에 지식을 가지고 있는 이한열은 천도훈의 그림에 대한 열망과 경지를 알아봤다.

"그림에 대해 흥미를 가지고 있습니다."

천도훈이 담담하게 이야기했다.

그가 만약 무인이 되지 않았다면 환쟁이가 되어 세상을 떠돌아다녔을지도 몰랐다. 그만큼 그림에 대한 열정이 강렬했다.

"삽화에 대해서는 어떻게 생각하나?"

"삽화라고요?"

"책 사이사이에 그려 넣는 그림 말이야."

"갑자기 삽화는 왜?"

어렸을 적의 굴곡 많은 사연들로 인해 그림에 대한 동경과 열정을 가지고 있었지만 삽화에 대해서는 전혀 생각하지 않고 있었다.

"사실은 내가 책을 쓰고 있다네."

"교주님이야 진사에 오르셨으니 충분히 책을 집필해 낼 수 있지요."

"그런 딱딱한 책이 아니라네."

"그럼?"

"무협 소설을 쓰고 있다네."

이한열이 최초로 타인에게 자신의 비밀을 알렸다.

"무협 소설이라고요? 교주님께서요?"

엄청나게 놀란 천도훈이 눈을 동그랗게 치켜떴다.

무협 소설에 대한 사람들의 인식은 바닥을 기고 있었다. 솔직히 강호에 있는 무림인들도 무협 소설을 폄하할 정도였다. 그리고 그런 평판에 맞게 수준 낮은 책들이 넘쳐 나는 것도 사실이었다.

"왜 내가 무협 소설을 쓰면 안 되는 건가?"

"그것이 아니라……."

"사실은 내가 직접 소설에 삽화를 그려서 넣을 생각이었네. 그런데 하늘은 내게 총명한 머리를 주었지만 그림에 대한 재능은 주지 않았지……."

이한열이 말끝을 흘렸다.

직접 했으면 가장 좋았겠지만 최선을 선택할 수 없는 이상 차선을 선택해야 했다.

마음이 맞는 화가와의 분업이 차선이었다.

한 이불을 덮고 자는 부부도 등 돌리고 갈라서면 남이었고, 한 부모를 두고 있는 형제도 재산 싸움으로 인해 칼부림을 하는 세상이었다.

소요서생의 비밀을 지키는 동시에 마음이 통하는 화가를 찾는다는 건 이한열의 입장에서 지난한 일이었다.

관리로서의 체면이 문제였다.

관리는 자고로 타인에게 어떻게 보이느냐 신경을 써야만 했다. 윗사람에게 잘 보여야 하고, 아랫사람들에게 존경을 받아야 멋진 관리 생활을 보낼 수 있다.

만약 체면을 따지지 않았다면 소요서생이 자신이라고 벌써 밝혔을지도 모를 이한열이었다.

"그러니까 교주께서는 암흑좌사인 제게 삽화를 그려 달라는 말씀이십니까?"

"비밀을 지킬 수 있는 입이 무거운 삽화가가 한 명 필요한데 자네라면 믿을 수 있어."

멍!

천도훈이 입을 쩍 벌리면서 먼 하늘을 바라보았다. 고정되지 않고 풀려 버린 눈동자를 한 채 지금 상황을 쉽게 납득하지 못했다.

배교의 앞날이 어떻게 될지 모를 상황에서 교주와 암흑좌사가 한 권의 책을 만드는 데 심혈을 쏟는다고?

교주와 암흑좌사가 할 일이 아니었다.

방금 전까지 크게 보이던 이한열이 다르게 보였다.

'정말 믿고 따라도 될까?'

천도훈은 뜬금없이 상황과 이한열의 제의에 회의감이 생겨났다.

'왜 배덕의 무리가 생겨나는지 알겠다.'

철혈의 마음처럼 이한열을 따르겠다는 그의 마음이 흔들렸다.

신앙과 믿음이 무너지는 건 방금 전처럼 몇 마디 말로도 충분했다.

"자네는 나의 왼팔이 아닌가? 왼팔을 믿지 못하면 누구를 믿겠는가?"

이한열은 시시각각 변하는 천도훈의 얼굴 표정을 보면서 복잡한 심경 변화를 알아차렸다.

찌르르! 찌르르!

암흑마환에서 흘러나온 미지근한 기운이 이한열에게 전해져 왔다.

처음에는 낯선 느낌에 무슨 의미인지 알 수 없었지만 천도훈을 살피면서 자연스럽게 알 수 있었다. 청량한 기운은 호의였고, 미지근한 기운은 중립의 수준이었고, 차가우면서 바늘처럼 콕콕 찌르는 기운은 바로 살기였다.

'믿어야 할지 말지 고민하고 있구나.'

암흑마환은 최측근 가운데 한 명인 암흑좌사의 마음을 교주에게 보고하는 기능이 있었다. 지근거리에서 강력한 무력을 지닌 암흑좌사가 느닷없이 살수를 펼친다면 교주라고 해도 무사할 수 없었다. 그렇기에 배교의 교주들은 신물이라면서 암흑좌사에게는 암흑마환을 줬고, 광명우사에게는 광명신환을 줬다.

암흑마환과 광명신환으로 인해 배교의 교주들은 최측근인 암흑좌사와 광명우사에게 뒤통수를 맞지 않게 됐다. 암흑마환과 광명신환이 만들어지기 전에는 암흑좌사과 광명우사에 의해 목숨을 잃은 교주도 있었다.

그로 인해 탄생하게 된 것이 바로 암흑마환과 광명신환이었다.

"정말로 제가 그려야 합니까?"

"그려 줬으면 좋겠다는 것이지. 강요는 아니야."

"허허허!"

이한열을 바라보는 천도훈이 허허로운 웃음을 토해 냈다. 말로만 강요가 아니지 하지 않으면 안 될 분위기로 몰아가고 있다는 느낌을 받았기 때문이었다.

교주 이한열의 숨겨진 비밀을 듣는 순간부터 암흑좌사인 천도훈에게는 선택의 여지가 없었다.

"그리겠습니다."

정신이 일정 부분 나간 것처럼 보이는 교주였지만 천도훈이 마침내 받아들였다.

암흑좌사는 교주를 보필하는 칼이었다. 명령을 받으면 칼을 들고 천만 대군을 향해서도 달려들어야 했고, 칼로 그림을 그리라고 하면 곧바로 이행해야만 했다.

"역시 나의 왼팔!"

"……."

천도훈은 암흑좌사로서 교주를 제대로 보필하는지에 대한 확신을 가지지 못했다. 지금이라도 교주의 잘못된 부분을 바로잡아야 하는 것인지에 대해 고민했다.

"한 마디 묻겠습니다."

"우리 사이에 뭘 내외를 하는가? 편하게 물어봐."

"책을 만드는 일이 교에 도움이 되는 것입니까?"

"물론!"

이한열이 고민하지 않고 대번에 고개를 끄덕였다.

"어떻게 도움이 된다는 말씀이십니까?"

"칼을 휘둘러 얼마나 많은 신도들을 보호할 수 있는가? 칼로 사람을 몇 명이나 쓰러뜨릴 수 있는가? 책은 수많은 사람들에게 교리를 전할 수도 있고, 은연중에 배교의 친숙한 사람들을 양성할 수도 있어."

"……."

생각지도 못한 이야기를 들은 천도훈이 두 눈을 끔뻑거렸다. 교리를 전파하는 데 있어서 교전만을 생각하였고, 배교도들을 억압하는 적들을 상대하기 위해 검을 뽑을 작정이었다.

그런데 지금 이한열은 책을 먼저 내세우겠다는 이야기였다.

"배교는 강호인들에게 두려움의 존재야. 오랜 세월 잊혀졌다고 하지만 배교가 다시금 강호에 등장하게 되면 커다란 저항을 받게 돼. 그렇게 되면 암흑좌사인 자네의 검에는 피가 마를 날이 없겠지. 그리고 신도들도 적지 않게 죽어 나갈 수밖에 없어."

"맞는 말씀이십니다."

"천천히 아군을 늘려 나가야 해. 강호의 유수한 방파들과 협력 관계를 맺고, 강호인들의 마음에 쌓인 두려움을 없애야 해. 그렇게 하려면 어떻게 해야 하나?"

"솔직히 적과 싸워야 한다고만 여겼지 교주님처럼 적들을 아우르겠다고 생각한 바가 없습니다."

"바로 글과 그림이야. 사람들이 쉽게 접할 수 있는 글과 그림을 통해 배교에 대한 적대감을 호의로 바꿔야 하는 것이지. 암흑좌사, 내가 무협 소설을 쓴다고 말했을 때 무시하는 마음이 들었지?"

"그것이……."

"나를 무시했어도 괜찮아. 사람은 누구나 자유롭게 생각할 권리가 있으니까. 그리고 암흑좌사인 자네가 무시해서 더욱 기분이 좋아."

"네? 무슨 말씀이신지 모르겠습니다."

"대놓고 무시할 정도면 얼마나 쉽게 받아들이겠는가? 낮은 곳에서부터의 접근은 적대감을 가진 자들을 쉽게 돌아서게 만들 수 있음이야."

무협 소설은 솔직히 문학 수준이 낮다. 하지만 그에 대한 흥미와 재미는 무척이나 탁월하다. 그래서 욕하면서도 보는 사람들이 많고, 읽으면서 재미있어서 낄낄거린다. 진입 장벽이 낮기에 수많은 사람들이 접할 수 있는 파괴력이 있었다.

"자! 나와 함께 배교의 밝은 미래를 열어 나가세."

이한열이 배교의 희망찬 계획을 단숨에 만들어 냈다.

궤변이었다.

물론 이한열의 주장에는 이상적인 면이 넘쳐 났지만 타당한 면도 많았다. 문화적인 침략과 침투는 한 나라를 멸망시킬 수도 있었다. 오랑캐들이 칼의 힘을 앞세워 중원을 한때나마 지배하는 시기도 있었지만 결국 중원 문화의 힘에 밀려 결국 잡아먹히고 말았다.

문화가 약한 종족의 한계는 명확하다.

붓은 칼보다 강하다.

문화의 융성은 사람들을 풍요롭게 만들어 준다.

배교도에게 유리한 책들이 시중에 널리 퍼지고 수많은 사람들이 읽게 된다면 배교의 앞날은 밝을 수밖에 없었다.

이한열의 궤변이 천도훈의 마음을 움직이게 만들었다.

"제발 삽화를 그릴 수 있는 영광을 주십시오. 최선을 다해 그려 보겠습니다."

"잘 생각했네. 비록 낮은 수준의 무협 소설이지만 소요서생이란 필명으로 내고 있는 작품들을 원하고 있는 독자들이 많네. 지금도 세상의 많은 독자들이 애타게 신작을 원하고 있지. 불특정 다수의 사람들에게 배교의 도리를 전파할 수 있는 기회인 것이야."

"오오오오! 저도 소요서생이란 필명을 들어 본 것 같습니다."

이한열을 바라보는 천도훈의 두 눈에 존경심이 마구 일렁였다.

"암흑좌사! 서로 힘을 합해서 작품을 만들어 보세."

"노력하겠습니다. 앞으로 무공보다 그림에 더욱 신경을 쓰겠습니다."

"좋아! 암흑좌사, 자네의 노고를 잊지 않고 가슴에 새겨 두겠네. 보는 것만으로 싱그러운 약동이 마구 넘쳐나는 삽화를 그려 주게. 좋은 그림을 그릴수록 배교의 중원 재등장은 더 빨라질 거라고 교주의 직위를 걸고 장담하지."

"믿습니다. 교주님에게 꼭 필요한 삽화가가 될 수 있도록 하겠습니다."

문화가 가지고 있는 위대한 힘을 깨달은 천도훈이 사람들의 혼을 쏙 빼는 그림을 그리고야 말겠다고 작정했다. 심지어 아침저녁으로 한 번도 빠지지 않았던 염왕구도의 수련 시간마저 내팽개칠 생각까지 있었다.

"앞으로 작품을 논하기 위해 둘만 있을 때는 작가님이라고 부르게. 나는 암흑좌사 자네를 삽화가라고 부를 테니까."

"그래도 교주님을 어떻게 작가님이라고 칭할 수 있겠습니까?"

"어허! 나는 교주라는 칭호보다 작가를 더욱 사랑하는 사람이야. 그러니 내 말대로 하게나."

"⋯⋯."

"어서 불러 보게."

"작⋯⋯가님."

"삽화가! 앞으로 잘 부탁하지. 알겠지만 이건 무덤까지 가지고 갈 우리 둘만의 비밀이네."

"제 입에서 교주님의 비밀이 나올 일은 결단코 없습니다."

천도훈은 신성과 함께 놀라운 지혜를 가진 이한열을 맹목적으로 따를 준비가 되어 있었다. 방금 전까지 의심했던 것이 무척이나 송구스러웠다.

'혹여 교주님의 비밀을 알게 되는 신도나 사람들이 있다면 감옥에 가둬 버리겠다. 그걸로도 부족하면 목을 따 버리면 될 일이지.'

그는 이한열의 비밀을 지키기 위해서 기꺼이 피를 볼 준비가 되어 있었다.

第四章

소통

　이한열이 종이에 그려진 주먹을 내지르고 있는 한 사내의
모습을 살폈다.

　"아니야. 이런 느낌이면 곤란해."

　"네?"

　"생동감이 없어. 염왕구도를 펼칠 때처럼 싱그러운 생기가
종이 밖으로 보여야 해. 독자가 삽화를 볼 때 마치 직접 초식
을 접하는 것처럼 말이야."

　"크윽!"

　자신의 평범한 그림을 보면서 천도훈이 좌절했다.

　최선을 다해서 그렸지만 이한열이 원하고 있는 삽화는 훨씬 더 높은 곳에 위치해 있었다. 수준 높은 그림을 그리기 위해서는 더 많은 노력과 깨달음이 필요했다.

"어떻게 하면 되겠습니까?"

"오랜 세월 자네가 아침저녁으로 염왕구도를 수련해 왔듯 많이 그리게. 다작은 실력을 늘리는 데 있어 최고의 길이니까."

"알겠습니다."

천도훈은 이한열의 조언에 따라 수도 없이 그림을 그려 대기 시작했다. 종이에 붓으로 그릴 때도 있었지만 검이나 검지로 허공에 그려 나가기도 했다.

높은 경지에 올라 있는 천도훈이었기에 검과 검지로 그려도 뇌리에 뚜렷하게 각인됐다. 그리고 또 그리면서 천도훈의 그림 실력은 보다 높아져 갔다.

비록 그림 그리는 실력은 젬병이지만 그림을 보는 눈은 높은 이한열이었다. 그림에 대해서 알고 있는 지식도 많았기에 천도훈에게 적절할 조언을 해 줬다.

이한열은 사람을 가르치는 데 있어 최고의 기술을 가지고 있는 스승이었다. 천도훈이 이한열의 가르침을 받으면서 화가의 재능을 점점 꽃피워 나갔다. 솜이 물을 빨아들이는 것처럼 경이로운 발전이었다.

팔락! 팔락!

한적한 숲속이었다.

천도훈이 끈으로 묶인 종이 뭉치를 읽고 있었다.

탁!

마지막 종이까지 다 읽은 천도훈이 뭉치를 내려놓았다.

종이 뭉치는 이한열의 신작 '흑룡진천하'의 초입 부분이었다.

"작가님! 이건……."

"눈치 보지 말고 편하게 말해. 삽화가! 지금 그대 눈앞에 있는 나는 교주가 아닌 작가니까 말이야. 우리 둘은 작품을 만들기 위해 허심탄회하게 의견을 주고받아야 해."

"주인공이 펼치는 무공에 외가비망의 비기가 담겨져 있지 않습니까? 이건 외부에 알려져서는 안 될 배교의 비기입니다."

입에 거품을 물 듯 반발하는 천도훈이었다.

스륵!

그러나 이한열과 눈이 마주치자 치떴던 눈을 슬며시 내리깔았다.

아무리 이한열이 허심탄회하게 소통하자고 해도 아직까지 불편했다. 그리고 그것이 개선될 여지는 한마디로 없었다.

천도훈이 교주에 대한 존경심을 점점 더 키워 나가고 있었기 때문이었다.

"맞아. 주인공이 익히고 있는 외가천권에는 외가비망의 비기가 녹아들어 있지."

"강호인들이 책을 읽고 난 뒤 외가비망의 파훼법을 얻을 수도 있습니다."

천도훈이 우려했다.

강호에는 괴물 같은 천재들이 우글거렸다. 한 번 견식한 무공의 장단점을 곧바로 파악하는 천재들도 극소수지만 존재했다.

"그럴 수도 있어. 하지만 그건 강호의 생리야. 파훼법이 등장하면 그에 대한 응용 수단을 만들어 내야 하지. 배교의 무공들은 너무 오랜 시간 정체되어 있었어. 외가비망의 무리를 밖으로 내보여서 새로운 교류를 만들어 내는 것이 좋다고 봐. 그리고 파훼법을 찾아내는 천재들도 있겠지만 그보다 외가비망의 무공을 익히려고 하는 사람들이 더욱 많을 거야. 지금까지의 독자들은 그랬으니까 이건 틀림없어. 그럼 우리는 앉아서 배교의 무공을 익힌 수많은 사람들을 얻게 되는 셈이지. 이들은 차후에 배교에 호의를 가질 가능성이 높고, 더 나아가서 배교의 신도로 들어설 수도 있어. 여러 가지로 생각해서 한 조치이니까 나를 믿고 따라왔으면 좋겠어."

"작가님의 높은 혜안을 따라가지 못하고 의심한 불경스런 저를 용서해 주십시오."

천도훈이 고개를 땅에 닿을 정도로 숙였다.

"이러지 말라니까! 작가와 삽화가는 서로 동등한 관계야.
자꾸 수직적으로 받아들이면 곤란해."

이한열이 옆으로 비켜서서 천도훈의 사죄를 받지 않았다.

천도훈의 의문은 당연했다.

실제로 강호문파와 강호인들은 비기를 불특정 다수에게
알리지 않는다.

비인부전!

특정한 재능을 지닌 후인을 발견하지 못하면 비기를 전하
지 않고 끊어지는 것까지 감수하는 것이 바로 강호인들의 생
리였다.

"진정 미안한 마음이 들면 심혈을 기울여서 삽화를 그려
주면 족해. 그것이 작가와 소통하는 진정한 삽화가의 자세이
지."

"알겠습니다. 작가님의 눈에 들 수 있는 그림을 그려 내도
록 해 보겠습니다."

천도훈이 마구 열기를 토해 냈다.

그림을 그린 이래로 지금까지 지적을 당해 왔고, 속된 말
로 계속 퇴짜를 맞았다. 최선을 다한 그림들이 모두 버려지
자, 흑룡신천하에 어울리는 삽화를 그려 내고야 말겠다는 독

기가 생겨났다.

"좋은 마음가짐이야. 남자라면 되갚아야 하는 것이 있고, 무시를 당했으면 보란 듯이 성공해서 당당해져야 하는 법! 사람들에게 수많은 구박을 받은 끝에 성공한 것이 바로 나야."

이한열이 마지막에 자화자찬으로 말을 끝맺었다.

수많은 시련과 구박을 이한열에게 독기를 심어 줬고, 그 독기로 밤잠을 줄여 가며 책을 읽었고, 무공을 수련했다.

그 결과로 과거에 합격하여 진사가 되었고, 배교 교주에 올라설 수 있었다.

패자에서 승자가 된 느낌이라고 할까?

여자들이 서로 치마끈을 풀지 못해서 안달이었고, 부자들은 서로 돈을 가져다 바치려고 성화였으며, 무림인들은 알아서 고개를 조아렸다.

구박하던 사람들이 우러러 볼 때의 쾌감과 전율은 말로 표현할 수가 없다. 직접 경험해 보지 않으면 아무리 말로 해도 이해하기가 어렵다.

인생의 달콤함을 마음껏 맛보고 있는 이한열이었다.

"중반부에서는 검후 후계자와의 인연을 만들어 갈 생각이야."

"검후라면 검각의 출신을 말씀하시는 겁니까?"

강호에서 별호에 검후를 달고 있는 검의 여고수들은 적지 않았지만 진정한 검후라고 하면 단 한 명뿐이었다. 백 년마다 강호에 출도하는 검후들은 비무를 통해 천하제일고수라는 걸 증명하였다.

한 번도 패배하지 않고 비무에서 승리하여야만 검각으로 돌아가서 검후의 자리에 앉을 수 있다. 단 한 번의 패배라도 기록하게 되면 검후는 탄생하지 않는다.

검후는 천하제일여고수이자 천하제일인이다.

그런 검후의 대척점에 있는 존재가 바로 도제였다.

도제는 항상 강호에 존재하고 있었다.

당대 천하제일 도객을 강호인들은 도제라고 불렀고, 검후가 등장할 때마다 비무가 펼쳐진다. 친선 비무일 때도 있었지만 생사 비무인 경우가 더욱 많았다.

도제는 하북 제일의 성세를 자랑하는 팽가에서 가장 많이 탄생했다.

팽가 출신의 도제에 의해 여러 검후들은 고혼이 되어 쓰러졌고, 검후의 검 끝에 도제의 수급이 잘린 경우도 적지 않았다.

같은 정파 출신이지만 악연이라고 할 수 있는 질긴 인연에 묶여 있어 검각과 하북 팽가의 사이는 그다지 좋은 편이 아니었다.

"도제와의 일전에 커다란 중상을 입은 검후를 주인공이 돕게 된다는 설정이야. 검후가 주인공의 헌신적인 치료 끝에 살아나게 되지."

"말도 안 됩니다. 도제의 패도적인 도법에 당하게 되면 살아남는다는 건 하늘의 별 따기입니다. 패도에 당해 오장육부가 바스러지게 되면 대라신선이 와도 살아날 수 없습니다."

패도적인 염왕구도를 펼치는 천도훈은 도제의 도법이 얼마나 강력한지 잘 알았다. 현 무림의 도제는 하북 팽가의 가주인 오호천강도 팽무린이었다. 오호단문도를 최강으로 익혔다는 평가를 받고 있는 도객으로, 천하십대고수의 일좌를 당당히 차자하고 있는 강자였다.

"이야기에는 환상적인 부분이 포함되어 있어야 해. 패도적인 도법에 당했다고 해서 모두 죽는 건 아니지. 검후가 초절한 호신기공을 익혀 몸을 보호했다고 하면 돼."

"제가 알기로 검각에 초절한 호신기공은 없다고 알고 있습니다만……."

"현실을 반영하지만 흑룡진천하의 이야기는 어디까지나 허구야. 허구! 진짜 현실의 일들로만 구성하면 강호 영웅의 자서전일 뿐이지. 내가 집필하는 건 소설이라는 걸 명심해."

"제가 너무 집중했습니다."

"이야기를 현실적으로 받아들인다고 하니 소설을 쓰는 작가로서 기분이 나쁘지 않아."

이야기를 현실과 혼동한다는 것은 소설의 흡인력이 상당하다는 것이나 다름없어 작가에게는 최고의 칭찬이었다.

"삼류를 전전하는 강호인이 천하제일여고수일 수도 있는 검후와의 분홍빛 사랑을 이룬다! 이건 강호의 남자라면 누구나 꾸고 싶은 꿈이지. 독자들에게 대리 만족을 주는 것이 무협 소설의 핵심이야."

"대리 만족이라? 사람들에게 만족을 줘야 하는군요."

천도훈이 고개를 끄덕거렸다.

이룰 수 없는 꿈과 즐거움을 줄 수 있기에 무협 소설은 많은 사람들에게 사랑을 받는다. 독자들의 뜨거운 사랑이 있기에 천대를 받으면서도 꾸준하게 명맥을 이어 나간다.

"종교도 마찬가지야. 신도들에게 만족을 주지 못하면 종교는 사라지고야 말아. 고대의 배교가 망했던 배경 가운데 하나는 신도들의 마음에 불만이 있었기 때문이야."

이한열은 배덕의 배교 후예들에 대해서 큰 불만이 없었다.

교주가 오죽 못났으면 신도들에게서 신앙심을 잃어버렸을까?

문제는 외부에서 기인하기도 하지만 대체적으로 내부에서 일어난다. 신도들의 신앙심이 흔들리고 바깥에서 혈마교와 마교가 준동해도 당시의 배교 교주가 대단했다면 모든 문제를 처리할 수 있었다.

자고로 당하는 사람이 병신이었다.

이겨 내기 위해서는 강한 힘이 필요했다.

물론 그렇다고 해서 이한열이 배교 후예들을 뜨겁게 좋아하는 것도 아니었다. 그저 가깝지도 그리고 멀지도 않게 객관적으로 바라볼 뿐이었다.

"고귀한 말씀이십니다."

"사람은 철혈의 뚝심을 가질 때도 있지만 간사하게 마음을 바꿀 수도 있어. 이건 인간으로서의 본능이나 마찬가지이지. 그러니까 항상 배반하지 않도록 당근을 줘야 하는 법이야."

"그렇다면 작가님은 신도들에게 어떤 당근을 주실 수 있겠습니까?"

"희망이지."

"어떤 희망인지요?"

"지금까지 배교 신도들은 강호에서 숨을 죽이면서 살아왔어. 떳떳하게 정체를 드러내지도 못하고, 배교를 믿는다고 주변 사람들에게 말하는 건 더더욱 할 수 없지. 그런데 앞으로 정반대의 상황이 벌어질 수 있다면?"

"꿈만 같은 일이지요."

"아버지를 아버지라고 부르고, 형을 형이라고 부르는 건 당연한 이치야. 배교를 믿는다고 왜 당당하게 말하지 못하는데? 그건 전대 교주들의 잘못이야. 과거의 잘못을 바로잡아야 할 책임이 나에게 있다고 봐."

책임을 통감한 이한열이 엄숙한 표정을 지었다. 궤변을 주장하는 가운데 천도훈의 감성을 자극하는 말을 간혹 내뱉었다.

그렇기에 천도훈은 이한열이 쳐 놓은 감성의 거미줄에서 벗어나지 못하고 허우적거렸다.

"아!"

천도훈의 눈빛이 몽롱해졌다.

인신 공양을 한다고 하면 심장이라도 기꺼이 꺼낼 준비가 되어 있었다.

"자! 그 전에 삽화가인 자네는 아름다운 검후 후계자의 모습을 그려 줘야 해. 이번 검후 후계자는 천하제일여고수가 될 수 있는 능력을 지닌 동시에 천하십대미녀 가운데 한 명이거든."

이한열의 소설에 등장하는 검후는 실제 검각의 예비 검후를 토대로 완성됐다.

검각에는 진정한 검후를 꿈꾸고 있는 예비 검후 상관약란이 있었다. 검각에서만 수련하고 있는 그녀는 강호십대미녀 가운데 한 명이었다. 한 떨기 난초처럼 고고한 아름다움을 지니고 있다고 알려져 있는데, 실제 그녀의 얼굴을 본 사람은 거의 없었다.

상관약란은 검각에서 진정한 검후가 되기 위해 수련에 박차를 가하고 있다.

경천동지할 검각의 비전이 담겨져 있는 검후들의 조사실에서 최후의 심득을 얻고 있다는 소문이 파다했다. 절대적인 경지인 검후들의 검의 심득이 상관약란에게 전해지고 있었다.

강호의 뭇 남성들은 상관약란의 아름다운 미모를 한 번이라도 보고 싶어 했다. 예비 검후가 한시라도 빨리 강호에 진출할 수 있기를 바랐다.

그러나 아쉽게도 상관약란이 강호에 나선다고 해도 외모를 구경하는 건 쉽지 않을 것으로 보였다. 뛰어난 미모가 부담된 나머지 상관약란은 평소 얼굴에 면사를 드리우고 있기 때문이었다.

각설하고 이제 곧 강호 진출이 임박했다고 알려지는 상관약란이었다.

강호에서 이한열이 꼭 만나 보고 싶은 여인 가운데 한 명이었다.

"월하미인도를 그리겠습니다."

"달빛 아래 검무를 추는 미녀의 모습은 그 자체로 예술이지. 긴 머리를 찰랑거리면서 한 마리 나비처럼 움직일 때마다

고혹적인 매력을 뽐내는 검후의 후계지라."

이한열이 생각하고 있던 검후 후계자의 외모에 대한 묘사를 곁들였다. 그런데 그 묘사가 상관약란의 알려진 미모와 거의 비슷했다.

"정말 아름다운 여인이군요. 그녀의 미모를 그림에 기필코 녹여내도록 하겠습니다."

섬세한 묘사가 이어질 때마다 천도훈의 내면에는 직접 두 눈으로 본 것처럼 검무를 추고 있는 미녀의 심상이 맺혀 갔다.

第五章

흑룡진천하

"소요서생의 신작이 나왔다."

"제목이 뭔데?"

"흑룡진천하!"

"캬아! 제목 한번 근사하다. 소요서생의 책은 꼭 구매해야
해. 책 사러 서점에 가야겠다."

"너 까막눈이잖아."

"썩을 놈아, 그런 사실은 왜 말하고 지랄이야."

"글도 읽을 줄 모르면서 무슨 책은 산다고 난리냐. 웃기는
놈."

"장식품이다. 그리고 잘 때 베개로 쓰면 다른 책보다 잠이

솔솔 와!"

"말도 안 되는 소리."

"이 놈이 소요서생의 신비로움을 모르네."

"소요서생이 집필한 책들을 읽고 적지 않은 사람들이 기연을 접했다는 건 알고 있다. 하지만 베개로 좋다는 건 금시초문이다."

"해 보지 않았으면 말을 하지 마라. 소요서생의 현묘함은 하늘을 찌를 정도야. 소요서생의 책을 베개로 사용하면서 불면증이 싹 사라졌어."

"큭! 책이 무슨 만병통치약이냐?"

"이놈! 감히 소요서생의 작품에 대해 의심을 하는 것이냐?"

"네 말이 맞다. 그런데 책을 사려면 도시로 들어가야 하잖아?"

"당연한 소리를 왜 입 아프게 하냐?"

"관에 수배당하고 있는 놈이 도시로 알아서 들어가겠다는 게 말이 된다고 생각해? 잘못했다가는 감옥에 갇혀서 해를 볼 수 없게 된다고."

"소요서생의 책을 볼 수 있다면 감옥에라도 들어갈 수 있어."

"미쳐도 단단히 미쳤구나."

"흐흐흐! 물론이지. 나는 소요서생에 미쳐 있어."

많은 사람을 살해하여 수배당한 악명 높은 녹림 산적 한 명이 흑룡진천하 책을 사기 위해 도시로 나설 마음을 먹었다.

"지금까지는 베개로 사용만 해도 충분했는데, 이번에는 읽어 보려고."

현묘함을 직접 몸으로 경험한 녹림 산적은 재미있으면서 기연을 접할 수 있는 소요서생 책의 이야기에 호기심을 드러냈다.

"이번 기회에 까막눈을 벗어 던진다고?"

"무슨 헛소리야? 공부하지 않을 건데 까막눈을 어떻게 벗어나?"

"책을 읽는다며?"

"읽기는 읽지. 내가 아니라 다른 사람이 말이야."

"응?"

"구술해 주는 이야기를 듣겠다고. 글을 아는 문사가 책을 읽고, 나는 그 옆에서 들으면 책을 읽는다는 사실에는 변함이 없지."

모로 가도 정상으로 통하면 되는 법. 문사가 대신 읽어 주는 흑룡진천하 책의 내용을 머릿속에 차곡차곡 쌓으면 직접 읽는 것과 크게 차이가 없다.

"같이 듣자."

시큰둥하던 산적도 관심을 드러냈다.

사실 소요서생의 작품들에 굉장히 많은 흥미를 가지고 있었지만 까막눈이라 포기하고 있었다. 그런데 동료의 기똥찬 생각을 듣다 보니 뭔가 할 수 있을 것만 같았다.

"소요서생의 신세계에 온 것을 환영한다. 동지!"

"우리 한 번 기연을 접해 보자. 까막눈이어도 소요서생의 기연을 접할 수 있다는 걸 세상에 알리자!"

"그런 의미에서 글 읽는 문사를 납치해 오자."

"눈여겨봐 둔 놈이라도 있어?"

"조음사라는 절 알지? 물 좋고 공기 좋은 조음사에서 과거를 준비하고 있다는 문사가 있어. 향시에까지 합격했다고 알려진 그자는 우리에게 책을 읽어 주기 딱 알맞은 동량이지."

"그런데 과거를 준비하고 있다는 문사가 순순히 협조를 할까?"

향시 합격자가 책을 읽어 준다는 건 소 잡는 칼로 닭을 처리하는 것과 똑같았다. 격에 맞지 않은 일이었는데, 타인의 아픔을 신경 쓰지 않는 녹림 산적들이었다. 사회 규범과 예의를 따졌다면 애당초 녹림 산적이 되지도 않았다.

"흐흐흐! 뒤지기 싫으면 협조해야지."

"하긴 죽도록 패다 보면 책 읽어 주고 싶어서 눈물을 줄줄 흘릴 거야. 흐흐흐!"

녹림산적 두 명이 음침한 웃음을 터트렸다.

소요서생의 소설로 인해 예기치 않은 곳에서 과거 준비생
이 큰 곤경에 처하려 하고 있었다. 소요서생의 소설 신작이
발표되면서 중원 무림이 꿈틀거렸다.

책 한 권으로 인해 참으로 많은 변화가 일어났다.

아니, 책 한 권이 아니다.

흑룡진천하의 발간과 함께 소요서생의 이전 작품들이 다
시 조명됐다. 소요서생의 작품들이 서점에 잔뜩 비치되기 시
작했고, 날개 돋친 듯이 팔려 나갔다.

*　　　　*　　　　*

고풍스런 남운서점!

오래된 역사를 자랑하는 남운서점에서 책의 향기가 퀴퀴하
게 뿜어져 나왔다. 난세로 치달으면서 책을 구매하는 사람들
의 숫자가 줄어들어 남운서점의 경영은 점점 힘들어져 가는
추세였다.

평소라면 파리만 날릴 남운서점이었지만 오늘은 달랐다.

독자들이 애타게 기다리던 새로운 신작이 남운서점에 들어
왔다. 소식을 전해 듣자마자 달려온 사람들로 남운서점은 웅

성거렸다.

검을 등에 걸치고 있는 검객과 허릿춤에 큼직한 대도를 덜렁거리고 있는 도객이 서가 앞에서 불꽃 튀는 시선을 주고받았다.

서가에는 소요서생의 신작 흑룡진천하가 딱 한 권 비치되어 있었다. 책의 위아래를 두 사람의 손이 각각 붙잡고 있었다.

투투툭! 투툭!

책을 차지하기 위해 두 사람이 위아래로 각기 다른 방향으로 힘을 주자 책에서 요란한 소리가 났다.

위!

아래!

책이 찢어지기 일보 직전이었다.

"놔라! 내가 먼저 잡았다."

"웃기지 마라. 난 서점에 들어서자마자 이 책을 사기로 작정하고 달려왔다."

"늦었으면 빠져."

"경신술로 새치기를 한 주제에 무슨 말이 그리 많으냐? 네 눈에게는 뛰기 금지라는 저 표어가 보이지 않느냐?"

"대명률도 무시하면서 살아가는 강호인들이 언제부터 서점의 지시를 따랐다는 것이냐? 지나가던 개가 웃겠다. 어디까지나 책을 잡은 건 내가 먼저였으니 포기하고 물러서라."

"닥쳐라. 소요서생의 신작을 양보할 수는 없다."

"나 역시 마찬가지다."

"그렇다면 힘으로 눌러 주는 수밖에 없겠군."

"그 얄팍한 검을 단번에 부러뜨려 주마."

"얄팍한 대신에 살을 저미는 데는 그만이지. 내 애검이 너의 피륙을 저며서 먹고 싶다고 하는군."

흑룡진천하 책을 차지하기 위해서 검객과 도객이 병기의 손잡이를 쥐었다.

빠직! 빠직!

둘 사이에 강렬한 살기가 오갔다.

금방이라도 피를 볼 것만 같은 살벌한 분위기가 흘렀다. 평화롭던 서점에서 난데없이 혈풍이 불려 하고 있었다.

"손님들! 싸우지 마십시오. 방금 필사를 끝마친 따끈따끈한 흑룡진천하 책이 나왔습니다."

빳빳한 종이로 만들어진 책이 늙은 서점 주인의 손에 들려 있었다.

"흥! 운 좋은 줄 알아라."

"너야말로. 내년 오늘을 네 놈의 제삿날로 만들어 줄 수 있었는데 아쉽구나."

"이런 빌어먹을 자식! 죽고 싶어서 환장했구나."

검객이 검의 손잡이에서 손을 놓다가 말고 발끈하였다.

"아니꼬우면 덤벼."

도객이 우수로 도병을 잡고 있는 가운데 좌수의 검지를 까딱거렸다. 상대의 심기를 박박 긁는 말투와 함께 펼치는 행동이 무척이나 인상적이었다.

"그 말과 행동은……."

검을 검집에서 뽑으려던 검객이 멈췄다.

"아는가?"

"소요서생의 첫 작품에서 낭인 장고가 자주 하는 말과 행동이지."

"참으로 감명 깊은 작품이지. 일견 거친 느낌이 나지만 그것이 마음에 깊숙하게 다가와."

"소요서생의 진정한 멋에 대해서 알고 있는 독자로군. 일각에서는 낭인 장고를 폄하하지만 나는 그렇게 생각하지 않아. 소요서생 작품들 가운데 낭인 장고가 최고야."

"맞아."

검객과 도객이 어느 새 병장가의 손잡이에서 손을 떼어 버렸다. 방금 전까지만 해도 서로 피를 보지 못해 날뛰려고 하던 자들이 금방 화기애애한 분위기를 만들어 냈다.

소요서생의 골수 독자들은 최고의 작품을 두고 갑론을박을 벌이는 중이었다. 그리고 어떤 주인공이 최강의 인물인지도 입에서 침을 튀겨 가며 다퉜다. 독자들 사이의 격돌은 논검비무처럼 치열했다. 자신들이 좋아하는 작품과 주인공이 최고라는 주장을 굽히지 않았다.

말로 하는 다툼을 떠나 직접 피를 보는 경우도 있었다. 소요서생의 작품을 읽고 무공의 경지가 상승했거나 책에 자세하게 기록된 수련을 통해 무공을 익힌 사람들은 자신의 생각을 관철시키기 위해 싸움을 벌이는 것도 주저하지 않았다.

낭인 장고를 최강의 존재라고 믿고 있는 독자들의 숫자는 소수였다. 소요서생의 골수 독자들 가운데 가장 적었다.

그 적은 숫자의 골수 독자들 가운데 두 명이 우연하게도 서점에서 마주쳤다. 낭인 장고를 높이 평가하는 그들은 십년지기 친구처럼 서로를 그윽하게 바라보았다.

"친구! 함께 나눌 이야기가 많아 보이는데, 술 한잔 하는 것이 어떤가?"

"술 한잔이 뭔가? 술독을 옆에 놓고 이야기를 나누세."

"좋아. 알고 보니 무척이나 호탕한 친구군. 가세나. 술값은 내가 내겠네."

"일 차는 양보하지. 대신 이 차는 내가 책임지겠네."

검객과 도객이 어깨동무를 하면서 서점 밖으로 나갔다.

"미친놈들! 싸우려면 밖에서 싸워. 그러면 병신이 되거나 죽어도 신경을 쓰지 않으니까."

늙은 서점주가 씩씩거렸다.

서점에서 시체를 볼 수도 있다는 생각에 간이 철렁했는데 기우에 불과했다.

바락바락 저주하고 싶었지만 모기처럼 작게 소곤거렸다. 혹여 귀가 밝은 강호인들이 소리를 듣고 되돌아와 발광할 수도 있었기 때문이었다.

좌르르! 좌르르!

딸랑! 딸랑!

새로운 손님의 등장을 알리는 주렴 흔들리는 소리와 함께 종소리가 청아하게 울렸다.

학창의를 걸치고 있는 이한열과 탄탄한 체격에 검을 허리에 매달고 있는 천도훈이었다. 그들은 방금 전까지 서점 앞에서 검객과 도객의 다툼을 지켜보았다. 이한열이 독자들의 신작 반응을 뿌듯하게 지켜보고 있었고, 천도훈이 탄성을 마구 터트렸다.

"어서 오시오."

"주인장, 방금 전 무인들은 왜 싸운 것이오? 살벌한 분위기에 들어오려다 말고 문 밖에서 지켜보고 있었다오."

다 알고 있음에도 불구하고 이한열이 넌지시 물었다. 서점 주인에게 흑룡진천하의 반응을 직접 듣고 싶었기 때문이었다.

책을 시중에 내놓고 난 뒤 독자들의 반응은 작가에게 무척 중요했다.

"말도 마시오. 한 권의 책 때문에 요즘 들어 근방의 모든 서점들이 골머리를 안고 있소이다. 강호인들이 찾아와서 툭 하면 행패를 부려서 고민이라오. 책이 있으면 있다고 난리고, 없으면 없다고 지랄을 한다오."

"논어를 사려고 하는 내가 읽을 수도 있는 책이오?"

"아이쿠! 선비에게는 맞지 않는다오. 싸움박질이나 하는 천박한 강호인들에게 어울린다오."

"그렇게 이야기하니 더 궁금하구료. 책 제목이 무엇이오?"

"'흑룡진천하'라고 소요서생이 집필한 책이오. 여러 사람들을 구해서 필사를 하고 있는데, 없어서 못 팔 지경이라오. 책이 잘 팔리지 않는 시기에 날개 달린 듯 팔리는 책의 등장이 반갑기는 한데, 툭하면 행패를 부리는 강호인들 때문에 걱정이외다."

"검은 바람이 천하를 떨친다! 무협 소설이구료. 안타깝지만 내 취향은 아니니 논어만 사야겠소."

이한열이 늙은 서점 주인을 상대로 천연덕스럽게 흑룡진천하의 반응을 챙겼다. 독자들에게 뜨거운 반응을 받자, 작가로서의 마음이 절로 풍요로워졌다.

왼쪽 옆에 서 있는 천도훈의 눈에 시뻘건 핏줄이 곤두서 있었다. 처음 삽화 이야기를 들었을 때, 그는 미적지근했다. 그러나 그림을 알아 가고 이한열의 책 작업이 진행될수록 삽화의 세계에 푹 빠져들었다.

그는 책에 삽입한 삽화가 어떤 반응이 나올지 너무나도 궁금해서 잠이 오지 않을 지경에까지 몰렸다.

"내 듣기로 소요서생의 신작 흑룡진천하에 삽화가 있다고 하던데?"

천도훈이 불쑥 물었다.

그는 심혈을 기울여서 그린 삽화가 사람들에게 어떤 반응을 무척이나 궁금했다.

"처음으로 등장한 삽화를 본 사람들의 반응은 호불호가 극명한 편이오. 좋아하는 사람들은 글의 이해를 더욱 쉽게 할 수 있다고 한 반면 몰입을 훼방 놓는다고 불평하는 사람들도 있소이다."

천도훈 허리춤에 매달린 검을 본 서점주가 조심스럽게 이야기했다.

천도훈의 삽화에는 아직까지 부족함이 많았다.

이한열의 조언과 가르침에 의해 빠르게 실력을 높이고 있었지만 시간이 너무나도 촉박했다. 그리고 이한열이 선보이고 있는 글의 깊이는 무척이나 깊었고, 재미는 하늘을 찌를 정도로 높았다. 부족한 그림 솜씨로는 글의 분위기를 제대로 녹여낼 수 없었다.

삽화가 글의 몰입을 방해하고 있다는 독자들의 불만은 날카롭고 정확했다.

추욱!

소금에 절여진 채소처럼 천도훈의 고개와 어깨가 축 늘어졌다. 그의 마음속에는 믿고 맡겨 준 작가 이한열의 기대에 미치지 못한 죄송함뿐이었다.

"누가 그렸는지는 몰라도 삽화가의 솜씨가 놀라운 경지라고 하더구료."

"무슨 소리요?"

천도훈이 고개를 바짝 치켜들면서 물었다.

"삽화를 베끼는 환쟁이들이 쉽게 따라할 수 없다고 불평을 터트리고 있소이다. 삽화들에는 단순히 눈에 보이는 것 이상의 현기와 기운을 담고 있다고 하더구료."

늙은 서점 주인은 어렵게 구한 흑룡진천하를 최대한 똑같이 모방하기 위해 노력하고 있었다. 호쾌하면서 부드러운 문자를 최대한 비슷하게 베끼라고 뛰어난 실력의 필사꾼들을 불러들였고, 인근에서 나름 괜찮게 그린다는 환쟁이들을 고용했다.

"용사비등한 원본의 문장을 제대로 따라하기는 어렵지만 사실 읽어서 알아볼 수만 있으면 되니 필사꾼들이 책을 필사하는 데는 큰 무리가 없지요. 그러나 그림은 다릅니다. 선 하나만으로도 분위기가 확 바뀌는 것이 그림이다 보니, 환쟁이들이 흑룡진천하의 예술적인 삽화를 그린 삽화가 솜씨에 혀를 내두르고 있습니다."

춘화를 그리며 생계를 이어 나가는 환쟁이들의 솜씨는 천박했다. 그렇기에 천도훈의 그림을 모사하기에는 처음부터 큰 무리가 있었다. 그리고 그런 점이 복제품의 질을 크게 떨어뜨렸다.

춘화를 그리며 살아가는 낮은 수준의 환쟁이들로서는 감히 따라할 수 없는 수준의 삽화들이 흑룡진천하에 삽입되어 있었다.

"예술적이라……."

천도훈의 입가에 흐뭇한 웃음이 피어났다.

방금 전까지 딱딱하게 굳어 있던 분위기와 전혀 달랐다. 일부에서는 욕을 들어 먹고 있었지만 한쪽에서는 예술적인 작품이라고 인정을 했다.

그런데 서점 주인이 재차 입을 열었다.

"그림에 생생함을 잔뜩 뿜어내고 있는 삽화가 춘화를 그리면 환상적인 작품이 나올 것이라고 환쟁이들이 입에 거품을 내면서 말했습니다."

생검을 펼칠 수 있는 천도훈이 그려낸 그림에는 생동감이 넘쳐 난다.

그리고 그런 생동감이 춘화에 실리게 된다면?

천하다고 손가락질 받는 춘화가 예술 작품으로 다시금 태어나게 된다. 예술과 외설의 경계는 극히 모호했고, 인체의 아름다움을 표현할 수 있는 춘화도 분명히 예술의 한 분야였다.

춘화만 전문적으로 그리는 환쟁이들은 자신들이 세상에서 가장 아름다움을 추구한다고 주장한다. 아름다운 인체는 그 자체로 하나의 완벽한 예술품이었다.

"푸훗!"

뜻하지 않은 서점 주인의 전언에 이한열의 입에서 신음에 가까운 웃음소리가 새어 나왔다.

와그작!

방금 전까지 미소가 피어올랐던 천도훈의 얼굴이 흉하게 일그러졌다. 훈훈한 분위기의 장내가 싸늘하게 식어 갔다. 순식간에 바뀐 천도훈 때문에 서점주의 얼굴이 딱딱하게 굳어 갔다.

"그 환쟁이들 어디에 있소?"

결코 반갑지 않은 칭찬을 들은 천도훈이 한 글자씩 끊어 가면서 강하게 물었다. 당장에라도 달려가서 환쟁이들은 처단할 것만 같았다.

"뒷방에서 모사하고 있습니다."

천도훈의 서늘한 살기를 바로 코앞에서 접하고 있는 서점주가 재빨리 대답했다.

슥!

이한열이 손을 뻗어 뒷방으로 가려고 하는 천도훈을 붙잡았다.

『사람은 누구나 자신만의 생각이 있는 거야.』

『제 그림을 외설적인 춘화와 비교하다니 이대로 있을 수 없습니다.』

『보이지 않는 곳에서는 황제도 욕할 수 있어. 그리고 책을 시중에 내놓으면 독자의 비판은 달게 받아야 하지.』

『하지만⋯⋯.』

『일희일비하지 마. 괜히 환쟁이들에게 화풀이하려는 생각은 버려. 정 억울하다고 생각하면 그림 실력을 더욱 높여.』

『알겠습니다.』

이한열과 천도훈이 전음을 주고받았다.

아무리 뛰어난 책을 내놓아도 읽는 독자가 마음에 들지 않으면 그만이었다. 세간의 평가라는 것에는 흐름이 있지만 개인의 취향은 천차만별이었다. 세상 사람 모두를 만족시킬 수 있는 예술 작품은 존재하지 않는다.

"뒷방에 가시렵니까? 안내해 드릴까요?"

살벌한 분위기를 경험한 서점 주인이 천도훈의 눈치를 살폈다. 아까 전에 밖으로 나간 검객과 도객보다 더욱 살벌한 강호인이 눈앞의 천도훈임을 직감했다. 까딱했다가는 목이 날아갈 수도 있기에 알아서 설설 기었다.

"내 호위 무사가 소요서생 추종자라 작품에 대해서 민감하게 반응한 것이오. 이해하시오."

"아닙니다. 학사님! 제대로 말 하지 못한 제가 잘못입지요."

서점주가 무서운 강호인이 모시는 높은 분께 깍듯한 존대를 올렸다. 이한열을 주의 깊게 살펴보았고, 그제야 고귀한 기품이 흐르고 있다는 사실을 알아차렸다.

이한열은 나이가 많다고 해서 감히 하대를 하지 못하는 높은 신분의 소유자였다.

나이대접 받지 못하는 게 억울하면 출세해야만 했다.

억울하면 출세해라!

그래서 출세한 놈이 바로 이한열이었다.

이한열이 신분을 내세우지 않고 접근했던 것은 편안하게 신작의 반응을 들으려고 했기 때문이었다. 하지만 그런 의도는 천도훈으로 인해 완전히 무의미해졌다.

그렇다고 해도 큰 문제는 없었다.

들을 이야기는 거의 다 들었고, 서점은 한 곳이 아니라 천지에 넘쳐 났다. 그리고 많은 서점들이 소요서생의 책들을 판매하고 있었다. 불경기에 불티나게 팔려 나가는 책들은 서점 주인들에게 효자 상품과도 같았다.

"더 이상 있어 봐야 도움이 되지 못해 보이니 가 봐야겠군. 수고하시오."

이한열이 등을 돌려 서점 밖으로 나갔다.

찌릿!

천도훈이 여전히 마음에 들지 않는 서점주를 강렬하게 째려본 뒤에 황급히 이한열을 따라나섰다.

털썩!

온몸에서 힘이 쫙 빠진 서점주가 바닥에 엉덩이를 깔고 주저앉았다.

"대체 나한테 왜 이래? 책을 벗 삼아 살아가면서 서점을 운영하고 있는 것이 잘못이냐? 제발 마음 편하게 살아가게 해 다오."

처연한 심정의 서점주가 한탄을 마구 터트렸다.

그렇다고 해서 서점에서 재앙의 근원인 소요서생의 작품을 뺄 수도 없는 노릇이었다. 잘 팔리는 것도 있었지만 없다면 왜 비치하지 않았냐고 강호인들이 행패를 부렸다. 그로 인해 고풍스런 남운서점의 북쪽 벽에는 이미 커다란 구멍이 뻥 뚫려 있었다.

소요서생의 작품을 좋아하는 주된 독자층은 사마외도의 무리들이었다. 정파와 달리 제 마음에 들지 않으면 칼부터 뽑는 이들이 바로 사마외도였다.

그들은 서점에 좋아하는 소요서생의 작품이 없다는 걸 알고 분개하였다.

실제로 중원의 서점에서 일하는 사람들 가운데에는 소요소생의 책을 비치하지 않았다는 이유로 폭행당하는 일이 있었고, 심지어는 살인 사건이 일어나기도 했다.

"이럴 수도 없고, 저럴 수도 없고 환장하겠네. 빌어먹을!"

평소 고아한 말투를 쓰던 서점 주인의 입에서 욕설이 튀어나왔다. 근묵자흑이라고, 자주 방문하는 강호인들의 살벌한 말투와 욕설을 배운 것이었다.

"훼이! 잡귀야! 물러가라."

서점주가 하얀 소금을 뿌리면서 더러움을 씻고 심신과 서점을 깨끗하게 한다는 의미를 담았다.

반짝! 반짝!

희끗희끗한 머리카락을 흩날리고 있는 서점주가 햇볕을 받아 투명하고 깨끗하게 빛나는 소금 알갱이들처럼 앞으로의 나날이 깨끗하길 기원했다.

차후의 일이지만 그는 욕쟁이 할아버지로 강호인들의 사랑을 받는 서점 주인이 되었다. 그렇지만 그건 아직 먼 훗날의 이야기였다. 이한열의 책이 여러 사람의 인생을 변화시키고 있었다.

*   *   *

"이상하게 피곤합니다."

천도훈이 이한열의 왼쪽 약간 뒤에서 따라가면서 이야기했다. 암흑좌사로서 교주를 보호해야 한다는 생각이 강했다.

"생사 대적을 만나 치열하게 싸운 것처럼?"

"맞습니다. 정말로 그런 느낌을 받았습니다."

"간난의 노고 끝에 탈고한 작품은 작가의 자식이나 다름이 없어. 새로운 생명을 탄생시킨다는 건 쉽지 않은 일이지. 내 글뿐만 아니라 자네의 그림도 치열한 사투 끝에 세상에 모습을 드러낸 것이야. 고생했어."

"아닙니다. 저보다 작가님이 고생하셨습니다."

"각자 최선을 다했는데, 그 고생의 크기와 질을 따진다는 건 의미가 없지."

"다음 작품은 어떤 이야기입니까?"

"구상 중이야. 쓰고 싶은 이야기들은 여럿 있는데, 어느 것을 차기작으로 할지는 아직 미정이지."

"쉬지도 않고 벌써 차기작을 구상하시고 있다니 대단하십니다."

"구상하고, 끄적거리는 단계야. 마음이 끌리는 걸 차기작으로 정해야겠지."

"마음이 일면 검이 스스로 나아간다는 것과 비슷한 이치로군요."

"그렇지. 차기작을 구성하고 선택하는 과정에는 심검의 이치가 담겨져 있어. 책을 집필하였기 때문에 심검을 쉽게 이해할 수 있었지."

"아! 저도 심검을 펼칠 수 있다면 좋으련만……."

천도훈이 아쉬워했다.

심검은 선택받은 극소수의 무림인들에게만 경지를 허락했다. 극도로 높은 경지에 이른다고 해도 마음대로 심검을 펼치지 못한다. 심검은 무공의 경지도 경지이지만 마음의 도리를 이해하고 깨우쳐야지만 비로소 그 비밀을 알려 준다. 심검은 무공인 동시에 하나의 도였다.

"그림에 마음을 송두리째 담으려고 노력해 봐. 그럼 심검에 한 걸음 가깝게 다가설 수 있을 테니까."

이한열이 깨우칠 수 있는 실마리를 제공했다.

"감사합니다. 그림에 마음을 담을 수 있도록 노력하겠습니다."

천도훈의 얼굴에는 감격에 겨운 미소가 가득 피어올랐다.

그 표정은 세상에서 가장 행복한 사람이라고 말하는 것 같았
다.

천도훈은 사랑을 받지 못하고 참으로 오랜 세월을 살아왔
다.

그런데 각별하게 챙겨 주고 있는 신과 같은 이한열과 함께
하고 있으니 너무나도 행복했다. 옆에 있는 것만으로도 가슴
이 터질 것만 같았다.

'실망시켜 드리지 않겠습니다. 심검을 얻지 못한다고 해도
그림에 마음을 담는 것만큼은 성공하겠습니다.'

그는 무공을 그만둘 수는 있어도 그림은 포기할 수 없었
다. 최후의 결정을 내린 그의 눈이 반짝거렸다. 지금 이한열
에게 가장 필요로 한 것이 그림이라는 걸 알고 있었기 때문이
었다.

"그리고 마음이 깃든 삽화는 독자들의 호평을 받을 수 있
겠지."

"노력하겠습니다."

천도훈은 독자의 평가보다 이한열의 기대가 우선이었다.
독자들에게는 악평과 함께 날선 비평을 받는다고 해도 괜찮
았지만 자신에 대한 이한열의 실망은 견뎌 낼 재간이 없었다.

"내 마음을 알아주는 자네는 나의 왼팔이야."

"견마지로를 다하겠습니다."

천도훈은 지금도 견마지로를 아끼지 않고 있었다. 하지만 언제나 마음이 가볍지 않았다. 보다 더 힘을 낼 수 있다고 생각하면서 끊임없이 자신을 채찍질하기 때문이었다.

"뒤에서 걷지 말고 옆으로 와!"

"하지만 호위를 해야……."

천도훈은 걸으면서 사방을 예의주시하였다. 평범한 옷차림을 하고 거리를 오가는 사람들도 꼼꼼히 살폈다. 고도로 뛰어난 살수는 비범하지 않고 평범했다. 만약의 사태에 대비할 수 있게 항상 긴장을 늦추지 않았다.

"자네가 나보다 강한가? 그리고 호위를 하는 데 뒤에서만 할 필요가 있나? 호위인 동시에 함께 나아가는 동반자이니까 옆에서 걸어. 자꾸 뒤돌아봐서 고개 아프게 만들지 말고."

"알겠습니다."

천도훈이 냉큼 이한열의 왼쪽에 서서 나란히 걸었다.

"같은 위치에서 함께 나아가니 좋잖아."

"저도 좋습니다."

흡족한 이한열과 송구하면서도 행복한 천도훈이 총총 길을 걸었다.

第六章

소요서생

　"소요서생의 작품이 나왔다고?"

　제갈인길이 미간을 찌푸렸다.

　와그작!

　그의 잘생긴 얼굴이 잔뜩 일그러졌다.

　탄탄대로의 성공 가도를 달리던 제갈인길을 급제동하게
만든 인물이 바로 소요서생이었다. 소요서생이란 이름만 들
리면 이가 갈렸고, 자다가도 이불을 발로 차면서 벌떡 일어
났다.

　"네. 바로 이 책입니다."

　"흑룡진천하라! 제목에서부터 사파와 마도 느낌이 물씬

풍기는군."

제갈인길의 안색이 어두워졌다.

정총의 견고한 아성을 무너뜨리는 건 사방에서 준동하는 사마외도 무리들 영향이 컸다. 정총의 고수들과 정총 소속의 무림방파들이 사마외도들과 싸우느라 연일 피를 흘리고 있었다.

대외비이지만 정총의 수뇌부는 병기를 들고 날뛰는 사마외도들보다 소요서생을 더욱 무서운 존재로 여겼다. 소요서생이 책을 통해 사마외도들에게 백도와 정총에 저항하라는 지시를 은연중에 내리고 있기 때문이었다. 그리고 사마외도들뿐만 아니라 일반인 그리고 백도의 뜻 있는 무인들도 정총의 오만함과 잘못된 점을 비난했다.

무림의 평화를 지킨다는 정총의 대의명분 뒤에는 죄 없는 자들의 피눈물이 있었다. 거대 단체의 명과 암이었다. 평소라면 꽁꽁 숨겨져 있어야 할 어둡고 더러운 정총의 비리들이 소요서생의 책에서 하나둘씩 밝혀졌다.

정총은 아니라고 강하게 부정을 하지만 소요서생이 집필할 때마다 책에서 거론하고 있는 정총에 관련된 내용은 모두 진실이었다.

대의명분이 흔들리고 있기에 초거대 세력인 정총이 제대로 된 힘을 발휘하지 못했다. 정총이 온전히 힘을 낼 수 있다면 준동하는 사마외도들을 모조리 날려 버릴 수 있었다. 하지만 그렇게 되지 못하도록 소요서생이 뒤에서 끊임없이 수작을 부려 댔다.

비록 비공식적이지만 소요서생은 얼마 전에 마교 교주를 제치고 정총의 제일 척살 대상으로 올라섰다. 세상에 드러나지 않은 정총의 특급 살수들이 소요서생을 추적하고 있었다. 군사부, 신안전, 이름조차 없는 살수대 등 정총의 일 할에 가까운 힘이 소요서생에게 쏠렸다. 그럼에도 불구하고 소요서생을 찾아내지 못하고 있으니 일방적으로 얻어터지는 중인 정총으로서는 이만 부득부득 갈 수밖에 없었다.

"맞습니다. 사파 출신의 소년이 마도의 영웅으로 성장한다는 이야기입니다. 그리고 검각 출신의 검후 후계자와 연애를 펼치는데……."

"너! 책의 내용을 자세히 알고 있다."

"책은 집필한 사람의 모든 걸 드러내는 법이라고 생각합니다. 그래서 소요서생을 잡기 위해서는 우선 그에 대해 알아야 한다고 생각해서 흑룡진천하를 주의 깊게 살폈습니다."

황해는 제갈인길의 쏘는 듯한 말투에도 불구하고 담담한 표정을 유지했다. 하지만 속으로는 뜨끔할 수밖에 없었다.

'너무 재미있었어. 한 번 읽기 시작하니 손에서 책을 놓을

수가 없었다.'

그는 엄청난 흡입력을 자랑하는 흑룡진천하에 푹 빠져들었다. 자정을 넘어 읽기 시작했는데 마지막 장을 덮었을 때는 이미 해가 떠 있었다.

"그래! 뭐 알아낸 거라도 있는가?"

"풍부한 식견과 지식으로 무장한 학사 출신의 무인이라고 생각합니다."

"왜 그렇게 생각하는데?"

제갈인길은 섣불리 믿기 어렵다는 뜨뜻미지근한 반응이었다. 군사부의 정보 분석가에 불과한 황해가 소요서생의 흔적을 쫓았다는 게 믿기지 않았다.

정총에서 날고 긴다고 하는 사람들도 소요서생의 정체를 밝혀내지 못했다.

"소요서생이 직접 자필로 쓴 원본을 보았을 때 용사비등한 필체를 보고 많이 놀랐습니다. 오랜 세월 학업에 정진한 학사나 보여 줄 수 있는 깊이를 느꼈습니다."

"확신하나?"

"먹물은 먹물을 알아보는 법이지요. 말로 표현하기 어려운데, 인생을 걸고 과거 시험을 치러 봤던 사람이라면 조금이나마 알아차릴 수 있을 겁니다."

한때 과거 공부를 한 정총 군사부 소속 황해였다. 황해는 과거에 급제하여 진사 신분에 오르고도 남을 실력을 지니고 있었지만 부정부패가 만연한 정부와 관리때문에 매번 미끄러졌다. 과거에 대한 꿈을 벗어던지고 현실과 타협했다. 먹고 살기 위해 정총의 군사부에 취직할 수밖에 없었다.

"소요서생의 작품들이 북경에서 등장했다고 하셨지요?"

"그렇다. 지금도 특급 정보원들이 소요서생의 정체를 찾아내기 위해 북경을 이 잡듯 뒤지고 있어."

신비각에서 보낸 정보 요원들 가운데 적지 않은 숫자가 감옥에 갇혀 있었다.

황실과 조정은 정총 신안전 정보원들의 준동에 대해 예의주시하였다. 혹여 불손한 마음을 가지고 북경에 잠입했을 수도 있었기 때문이었다.

"황족일 수도 있고, 벼슬길에 오른 관리일 수도 있습니다."

"음! 사마외도 출신일 가능성이 높다고 생각했는데…….황족일 가능성도 있다니 최악이군. 황실이 정총을 적대시한다는 이야기 아닌가? 관리일 경우도 좋은 건 아니야."

여러 가지 경우를 생각하는 제갈인길의 머릿속이 복잡해졌다.

머리 좋은 자들의 한계였다.

그들은 지나치게 많은 생각을 했다. 물론 대부분의 생각은 들어맞았지만 간혹 오류를 일으킨다. 간단하게 생각하면 끝날 문제를 끝도 없이 파고든다.

사실 이한열의 집필 시작은 단순했다.

그저 취향과 필요에 의해 시작됐을 뿐이었다. 거기에서 보기 싫은 위선자들인 정총을 비난하였고, 이기적인 부분과 성격적으로 통하는 사마외도들을 주인공으로 내세웠다.

이한열은 즐거운 마음으로 글을 썼다.

하지만 개구리는 눈 먼 돌에도 맞아 죽는 법이었다.

이한열의 작품들이 초거대 단체인 정총에게는 눈 먼 돌이 된 셈이었다.

그리고 강호행을 하고 난 뒤로는 이한열이 의도적으로 정총을 뒤흔들고 있었다. 정총이 존재하고 있는 한 주수선 군주마마의 명령을 수행할 수 없기 때문이었다.

"소요서생을 찾을 수 있는 방법이 있나?"

"방법은 하나뿐입니다."

"말해 보게."

"황족과 관리들을 대상으로 많은 인력을 투입하여 밑에서부터 하나하나씩 정밀하게 훑어가야 합니다."

황해의 말처럼 답은 분명했다.

그러나 그 답을 구하기란 하늘의 별 따기였다.

북경에서 조사만 했을 뿐인데도 황실과 조정의 반발이 너무나도 거칠었다. 황족과 관리들을 상대로 조사가 들어가게 되면 반역으로 비칠 수도 있었다.

"끄응! 황실과 조정에 대한 조사는 비열한 소요서생이 쳐 놓은 덫일 수도 있어."

제갈인길이 앓는 소리를 냈다.

정말로 사실이라고 해도 황해의 답은 행하는 순간 죽을 수도 있는 독배였기에, 답이면서 답이 아닌 것이다. 그리고 소요서생 신분 비밀이 드러난 건 정총이 스스로 몰락의 길로 걸어가도록 만든 악랄한 술책일 수도 있었다.

진실에 근접한 황해의 답을 듣고도 소요서생에 대해 너무 나도 많은 신경을 쓰고 있는 제갈인길은 일종의 자포자기적 심정이었다.

더 이상 무슨 말을 해도 아무런 소용이 없다는 걸 깨달았 지만 황해가 다시 한 번 의견을 제시했다. 봉급을 주는 정총 을 위해 지혜를 동원하는 건 학사로서 당연한 도리라고 여겼 다.

"소요서생을 찾을 수 없다면 유일한 출구요 활로는 대의 명분뿐입니다. 흔들리는 대의명분을 공고하게 하고 확산시 켜 높이는 것이 정총의 살아남는 길입니다."

황해의 말은 원칙적이었다.

너무나도 원칙을 따르고 있어서 탐욕에 물든 지금의 정총으로서는 따라가지 못했다. 정총의 이상적인 대의명분은 빛이 잔뜩 바래 있었다.

대의명분의 깃발을 높이 세운다고 해도 탐욕에 물든 정총을 먼저 깨끗하게 씻어내지 않는다면 별 효과를 보지 못한다.

'아! 정총은 이미 스스로 깨끗하게 할 수 있는 자정 능력을 잃어버렸다.'

제갈인길은 속으로 한탄했다.

정총은 사마외도를 징치하려는 백도가 필요에 의해 낳은 열매였고, 그 뒤로는 정의의 보상이 되는 창구로 전락했다. 처음에는 정의를 구현하는 것이 정총의 일차적인 목표였다. 그러나 정총이 거대하게 성장하고 난 뒤에는 이익적인 부분에 자연스럽게 눈길이 갔다. 백도의 세력이 꽃을 피운 건 사마외도의 피눈물이 있었기 때문에 가능했다.

오랜 세월 쌓인 피눈물을 강을 이뤘다.

시대의 흐름과 함께 닥쳐온 변혁과 함께 피눈물의 파고가 높이 일어났다. 그리고 그 피눈물이 백도를 정조존하여서 덮쳐 오는 중이었다.

'제갈 세가 역시 사마외도 피눈물의 파고에서 자유롭지 못하다.'

제갈 세가의 사람들은 정총이 만들어지기 전부터 군사부

에서 핵심 인원들을 움직였고, 엄청난 이득을 누렸다. 정파 오대 세가 가운데 가장 많은 이득을 챙겼다. 정총이 생기고 난 뒤 제갈 세가는 무려 다섯 배에 가깝게 양적으로 규모를 늘렸고, 질적으로도 세 배 이상으로 성장했다.

"자네 의견은 잘 들었네. 이제 그만 나가 보게."

여러 가지로 생각할 바가 많은 제갈인길이 황해에게 축객 령을 내렸다.

"이만 나가 보겠습니다."

실로 유감스러운 상황이었지만 아랫사람인 황해가 고개 를 숙인 뒤 물러났다. 옳은 말을 직언해도 윗사람이 받아들 이지 않으면 아랫사람은 떠나야 했다.

'정총에서 더 있을 수 없겠어. 절이 싫으면 중이 떠나가야 겠지.'

황해는 정총 군사부에서 퇴임하기로 마음먹었다.

그동안 그는 정의를 위하는 정총을 위해 일신의 부귀를 버리고 희생한 면이 있었다. 한때 조정의 청백한 관리를 꿈 꾸었기에 지조와 절개, 충절을 가지고 있었다. 꼬장꼬장한 성격과 청렴한 성격 그리고 관리들이 가지고 있는 독특한 성 격 탓으로 인해 놀라운 혜안을 가지고 있음에도 군사부에서 배척을 받고 있었다.

점점 더 구렁텅이로 빠져들고 있는 정총은 그가 더 이상

발을 딛고 설 곳이 아니었다. 함께 빠져들기 전에 탈출해야
만 했다.

황해가 밖으로 나갔다.

실내가 고요해졌다.

"……."

정신을 차릴 수 없을 정도로 빠르고 급격하게 변하는 세
상 속에서 제갈인길의 고뇌는 계속 이어지고 있었다. 정총에
서 처음 일할 때만 해도 포부가 컸고, 소회가 남달랐는데 지
금 그가 할 수 있는 일이 많지 않았다.

그가 여러 가지로 힘든 시기를 보내고 있었다.

바로 다음 날 황해가 군사부에 퇴임을 청원하였고 곧바로
받아들여졌다. 그렇게 숨겨진 인재가 정총에서 사라졌다.

점점 침몰해 가고 있는 거대한 정총에서 하선하는 사람들
이 적지 않았다. 사람들의 탈출이 이어지면서 정총의 침몰
속도가 점점 빨라지고 있었다.

第七章

천상향

이한열이 천도훈을 왼쪽에 데리고 절강성에 도착했다.

생전 처음 밟는 절강성 항주 땅이었다.

상유천당 하유소항(上有天堂 下有蘇杭)!

"소동파 선생이 말한 항주 땅을 이제야 밟아 보는구나."

중원에서도 수려한 경관을 자랑하는 데 있어 다섯 손가락
안에 들어가는 아름다운 대지가 바로 항주였다. 소동파 선생
의 말처럼 하늘에는 천당이 있고 땅에는 소주와 항주가 있었
다.

그리고 아름다운 풍경과 함께 인간들의 손길이 닿은 건축
물까지 합쳐져 가장 아름다운 도시로 손꼽히는 항주였다.

그리고 그 항주는 유흥과 향락의 도시였다.

유흥 문화가 극도로 발달된 항주는 북경보다 더욱 선진화된 밤 문화를 자랑했다. 중원 최고 수준의 홍루와 청루들이 넘쳐 났고, 기녀들의 외모와 금기서화 실력도 타의 추종을 불허했다. 아름다운 항주 기녀의 치마폭에 빠져 거액의 재산을 탕진한 남자들의 이야기는 흔해 빠진 것이었다.

"저도 처음입니다."

"수려한 항주의 경관을 구경하는 동시에 밤 문화도 경험해 보자. 책을 집필하려면 많은 경험이 요구되니까."

"옳은 말씀입니다."

"여자를 끼고서 밤 문화를 즐기는 데 거부감이 있나?"

"여자요?"

천도훈의 눈동자가 요란하게 흔들렸다.

철혈의 강심장을 가지고 있는 천도훈이었지만 아직까지 여자 경험이 없었다. 숫총각인 천도훈은 여자에 대한 내성이 많지 않았다.

"여자 경험이 없군."

"……."

"이번 기회에 신세계를 경험해 봐."

"꼭 그럴 필요가 있을지 모르겠습니다."

"어허! 여자를 접하면 자네의 삽화에 변화가 생긴다고 내가 장담하지. 여자를 모르는데 어떻게 천하제일미녀도를 그릴 것이며, 부드럽고 유연한 여체의 매력을 그림에 녹여낼 수 있겠는가? 자고로 알아야 쓰고 그릴 수 있는 법이야."

이한열의 말에는 사람을 매혹시키는 묘한 울림이 있었다. 그렇지 않아도 이한열을 신처럼 따르고 있는 천도훈은 이번에도 승낙할 수밖에 없었다.

"알겠습니다."

"자! 항주 최고의 기루로 알려진 천상향을 향해 가 보자. 그곳으로 말하면 하늘의 향기를 뿌리는 아름다운 미녀들이 넘친다고 하는 곳이지."

앞으로 쭉쭉 나아가는 이한열의 발걸음이 경쾌했다.

수많은 접대를 받아 본 이한열도 천상향에 대한 동경이 있었다. 천상향의 기녀들은 금기서화를 비롯해서 방중술과 소녀경까지 뛰어난 수준으로 연마한다는 소문이 돌았다. 유녀들은 천상향에서 요구하는 여러 가지 과목에서 고급 경지에 이르지 못하면 천상향에 정식으로 이름을 올릴 수 없었다.

귀가 아프게 듣고 있던 소문 때문에 이한열은 천상향을 꼭 방문하고 싶었다.

*   *   *

서호와 옆에 위치한 천상향의 호화로움은 명불허전이었다.

건물 자체의 아름다움과 배경처럼 펼쳐진 대자연의 수려한 풍경도 훌륭했는데 기녀들마저 이한열이 보기에도 탄복할 정도로 아름답고 총명해 보였다.

깜찍할 정도로 예쁘고 귀여우면서 아름다운 동기들이 이한열과 천도훈의 앞에 서 있었다. 눈에 넣어도 아프지 않을 정도의 미모를 지니고 있었다.

"아직 남자의 손때가 묻지 않은 청백지신들이에요. 귀하신 분들이 오셨기에 데리고 온 동기들이지요. 이 아이들의 머리를 올려 주세요."

중년 여인의 소개에 이한열이 동기들을 바라보았다.

분명 눈앞의 동기들은 북경에서도 좀처럼 만날 수 없는 아름답고 귀여운 소녀들이었다. 하지만 처음에 들어온 기녀들은 이한열의 취향에는 맞지 않았다.

"험!"

이한열과 시선이 부딪친 천도훈이 헛기침을 내뱉었다.

난생 처음 기루에 온 천도훈은 몸에 맞지 않은 옷을 입은 것처럼 어색했다. 오지 않으려고 했지만 억지로 끌려왔다.

"동기들은 됐으니 농염하고 성숙한 여인들을 들여보내."

뭇 남성들의 손길이 닿지 않아 신선하고 깨끗한 동기들이지만 크게 선호하지 않았다.

중원의 남성들은 십대 중후반의 어린 여인들을 선호하는 편이었다. 조혼 풍습이 이런 사실을 간접적으로 보여주고 있다.

하지만 사람의 취향은 모두 다른 법이다.

이한열은 어린 동기들 대신 들어갈 데 들어가고 나올 데 확실하게 나온 성숙한 여인을 선호했다.

"알겠어요."

중년 여인이 손짓으로 동기들을 물렸다.

슥!

스윽!

동기들이 이한열을 향해 원망의 눈초리를 보냈다.

그 눈길이 남심을 자극할 정도로 무척이나 야릇했다.

"저를 품어 주세요."

"온몸으로 대인을 받들게요."

그녀들이 눈빛과 함께 야릇하게 허리를 비틀면서 이한열을 유혹하려고 했다.

발기부전을 겪고 있는 노인들까지 벌떡 일어나게 할 정도의 색기였다. 소녀 특유의 미와 함께 색공을 익히고 있기에 발산할 수 있는 기운이었다.

동기들은 어느 누가 머리를 올려 주느냐에 따라 대우가 달라진다.

고관대작과 왕후장상들이 즐겨 찾는 천상향이지만 이한열은 오랜만에 찾아온 귀인이었다. 황궁과 조성의 문화전대학사 신분도 한몫을 하고 있지만 강호 무림에서 보여 주고 있는 전공이 더욱 컸다. 절대적인 경지에 오른 이한열을 몸과 마음으로 받들면 동기들은 유명을 얻게 된다.

천상향은 이한열의 방문에 있어 동기들 가운데 최고의 두 명을 선보였다.

'귀인이시다. 잘 모셔야 한다.'

'귀인의 마음에 들면 기적에서 나갈 수도 있다.'

'첩이라도 된다면 일생일대의 영광이 된다.'

데려다주는 기모가 이한열의 마음에 들 수 있도록 노력하라고 조언했다.

그녀들이 부푼 마음을 안고 도착했는데 단번에 퇴짜를 맞았다.

"너희들은 아직 어려."

이한열이 동기들에게 축객령을 내렸다.

조금만 더 성숙했다면 냉큼 잡아먹었을 텐데 풋풋한 몸매의 동기들은 이한열의 취향에 도무지 맞지 않았다.

"야속하신 분! 저를 안지 않은 걸 후회하실 거예요."

"다음에 꼭 월향을 찾아오세요. 몸과 마음을 많이 키워놓고 있을게요. 그 때는 깨끗한 저를 마구 더럽혀 주세요."

기모의 재촉을 받은 동기들이 안타까워하면서 더 이상 질척거리지 않고 밖으로 나갔다.

"옆의 친구는 숫총각이야. 능숙하게 상대해 줄 여인을 데리고 와."

"어머! 아직까지 동정이세요?"

기모가 야릇한 웃음을 지으며 천도훈을 바라보았다.

천상향에서 기녀로 지내다가 오래 전에 은퇴한 그녀였다.

그녀의 눈길이 마치 인간의 간을 탐하는 구미호처럼 강렬했다.

"커험!"

천도훈의 얼굴이 뜨거워졌다.

얼마나 낯이 뜨거운지 항상 차분한 기색을 유지하고 있던 얼굴이 붉게 변해 버렸다.

그는 생각지도 않은 기루에서 커다란 정신적인 타격을 입었다.

"지금 당장 잡아먹으려고 하면 곤란해. 도훈의 처음은 아름다운 여인이어야 하니까."

"어머! 저도 아직 아름다워요."

"아름답기는 하지. 그래도 늙었잖아."

이한열이 가차 없이 중년여인을 평했다.

곱게 늙은 중년여인은 아직도 성숙한 여인미를 잔뜩 풍기고 있었다. 중년의 미를 뽐내고 있었지만 세월 앞에서 여인의 싱그러운 아름다움은 잃어버릴 수밖에 없었다. 점차 시들어 가고 있었다.

남자는 젊거나 늙거나 젊고 예쁜 여인들을 찾는다.

고대로부터 내려오고 있는 남자들의 공통된 취향이었다.

"쳇!"

만약 이한열만 승낙한다면 오늘밤 보신을 하려고 했던 중년 여인이 혀를 차며 원망의 눈길을 보냈다. 그동안 갈고닦은 방중술로 천도훈을 녹여 버릴 셈이었다. 그런데 그런 시도가 시작도 전에 막혀 버렸다.

"잡아먹힐 걸 구해 줬으니 고마워 해."

"네?"

천도훈은 무슨 말인지 이해를 하지 못했다.

"중년 여인의 처절한 음욕 앞에서는 건장한 남자라도 견뎌내지 못해. 며칠만 잡아먹히다 보면 피골이 상접할 거야."

화류계에 정통한 이한열은 굶주린 이리 떼와 같은 중년여인의 음욕을 잘 알았다.

중년 여인의 성숙한 여체를 잘못 안았다가는 기를 쪽 빨리게 된다.

흡성대법만 기를 뽑아내는 것이 아니다.

여인들은 남자들에게서 기를 뽑아갈 수 있는 음기 덩어리들이었다. 그리고 남자들이 젊은 여자를 찾는 건 본능적이기도 하지만 젊고 싱싱한 음기를 찾기 때문이기도 했다.

"……"

음험한 마수에서 벗어난지도 모르는 천도훈이 눈만 껌벅거렸다. 여체를 경험해 보지 못한 숫총각의 한계를 보여 주고 있다.

"아!"

동기들이 나가고 새롭게 들어오는 여인들을 본 천도훈이 탄성을 터트렸다.

"물건들이네."

이한열도 감탄했다.

어린 몸매를 가진 동기들과 달리 들어갈 데 들어가고 나올 데 나온 여체들은 천상향이 자랑하는 최고의 육체파 기녀들이었다.

이한열의 성숙한 취향을 만족시켜 주고도 남을 환상적인 몸매를 지니고 있었다. 그런데 그것이 끝이 아니었다.

"미호라고 해요. 잘 부탁드려요."

옥쟁반에 은구슬 굴러가는 목소리로 말한 미호는 첫눈에도 인상적이었다.

검은 머리가 유독 탐스러운가 하면 통통하게 살이 찐 작은 얼굴에 치켜 올라간 두 눈이 상당한 매력으로 미호를 더욱 빛나게 만들었다. 소녀의 귀여움을 가진 채 요염함을 풍기고 있었다. 낮에는 귀여운 소녀라면 밤에는 남자를 잡아먹을 수 있는 색기를 폴폴 내는 요녀인 것이다.

"설향이에요."

눈처럼 뽀얀 살결을 지닌 설향도 미호에 못지않은 대단한 미인이었다.

시경에 나와 있는 미녀의 조건을 모두 충족시키고 있었다.

사서오경 가운데 하나인 시경에는 중원의 전통적인 미녀상이 적혀 있다.

'손은 담황 같고, 살갗은 응지 같으며, 이는 호서 같고, 이마는 넓고 희며, 눈썹은 가늘다.'

시경의 표현을 짧고 함축적이다.

어렵게 표현하는 걸 좋아하는 학자들이었다.

쉽게 표현하면 피부는 탄력 있고 윤기가 흐르며, 치아는 하얗고 가지런해야 한다. 넓고 반듯한 이마에, 눈썹은 나비의 더듬이처럼 가늘고 긴 곡선 모양이 좋다. 눈은 봉안처럼 길고 치켜 올라간 큰 눈이 좋은데, 반쯤 감으면 눈꺼풀 밑에 잔잔한 그림자를 드리워야 한다.

그러나 눈이 크다고 다 좋은 것은 아니다. 부리부리한 여자의 눈은 속되고 천박하게 여겼다. 특히 남을 뚫어지게 응시하거나 침착하지 못한 상태로 주위를 두리번거리는 눈은 광안 또는 도안이라 하여 몹시 싫어했다.

코 역시 너무 가늘거나 높고, 콧마루가 선 것은 나쁘게 보았다. 콧망울은 귀엽고 둥그스름해야 하며, 입은 너무 꼭 다문 것보다 부드러운 모양을 가진 것이 으뜸이었다. 아래턱은 약간 잘록하고 복스럽게 살이 올라 있어야 하며, 깎은 듯 각이 진 턱은 빈상이라 여겼다.

어깨는 둥글면서 완만하게 처져야 하고, 유방은 탐스럽고 풍만해야 하며, 허리는 아주 가늘고, 다리는 완만하게 길고 곧게 뻗어 있어야 했다.

"설향 그대는 정말 미인의 조건을 모두 갖추고 있군."

이한열이 설향의 전신을 두루 살피면서 감탄했다.

"감사드려요."

백치미까지 보일 정도로 설향이 배시시 웃었다.

그녀의 몸은 부단한 노력과 색공 수련으로 쌓은 결정체였다. 허리를 몹시 가늘게 만들기 위해 끼니를 거르기 일쑤였고, 풍만한 가슴을 지닌 육감적인 몸매를 만들기 위해 매일 우유를 마셨다.

하루 아침에 만들어진 몸매가 아니었다.

"대단한 노력이야."

이한열이 감탄했다.

그가 매순간 학문과 무공 수련에 노력했다면 설향은 몸을 아름답게 꾸미고 단련하려 노력했다.

엄청난 노력이 젊은 육체의 아름다움을 만개시켰다.

미호의 아름다운 여체는 천성적인 면이 있었다. 불운하여 기루로 팔려 오기는 했지만 부모를 잘 만나 태어날 때부터 아름다웠던 미호였다.

그러나 설향은 미에 있어서 장인 정신을 가지고 있는 노력가이자 수련인이었다.

"알아주셔서 영광이에요."

자신을 알아봐 주는 이한열에게 설향이 살짝 고개를 숙였다.

설향 역시 밖에 나가면 결코 빠지지 않는 미모였지만 천상향에서는 다소 얼굴이 박하다 평가받았다. 성숙한 여체를 좋아하는 손님들에게는 먹혔지만 얼굴을 따지는 손님들에게는 퇴짜를 맞을 때도 있었다.

시대의 흐름에 따라 아름다움에 대한 기준은 바뀌기 마련이다.

초나라 때는 왕들이 가는 허리의 미인을 좋아했다. 허리가 버드나무 가지처럼 가늘어지도록 많은 여인들이 자발적으로 굶기를 밥 먹듯이 했다.

당의 현종 때는 정반대로 양귀비와 같은 육감적 미녀가 아름다움을 대표했다. 또 수당 이래로 발이 작은 여인을 미녀로 쳤다. 이런 이유 때문에 전족이라는 풍습이 만들어졌다.

이한열은 현종과 비슷한 취향을 가지고 있다.

"누구를 선택할 건가?"

"감히 제가 어떻게 먼저 선택을 하겠습니까!"

"숫총각이니까 양보하는 거야."

"어머! 정말요?"

숫총각이라는 말에 미호가 눈을 반짝거렸다.

"내가 장담하지."

이한열이 확언했다.

스팟!

미호의 눈에 야릇한 광채가 스치고 지나갔다.

방금 전 중년의 기모가 보여 줬던 기운보다 더욱 강렬한 색욕이었다. 여자가 남자를 탐하는 건 자연적인 이치였다.

그리고 그 색욕에도 법도가 있었다.

중원에는 수많은 색욕의 법도와 색공이 있었는데, 그 가운데 동정의 기만 채취하여 경지를 높이는 색공이 존재했다.

미호가 익히고 있는 색공은 동정남흡기술로 천박한 채음보양술과는 차원이 다른 고급의 진기도인법이었다. 이십 세가 넘은 동정남의 기운을 받아들여 음기와 상생시킨다. 그렇다고 해서 상대 동정남에게 해를 끼치지는 않았다.

진성한 색공은 남과 여를 모두 즐겁게 만들어 준다.

슥!

미호가 냉큼 천도훈의 옆으로 다가가더니 팔짱을 끼었다.

뭉클!

풍만한 그녀의 가슴이 단단한 팔에 의해서 일그러졌다.

"헉!"

천도훈이 신음을 뱉었다.

팔을 통해 전해져 오는 야릇한 감촉이 그의 철혈을 흩어뜨렸다. 거부할 수 없는 달콤함을 가지고 있는 감촉이었다.

뭉클! 뭉클!

연신 팔을 간질이고 있는 가슴에서 기묘한 감촉이 흘러 들어왔다. 말로 표현하지 못할 따뜻한 기운이 포함된 감촉이었다.

"오라버니! 저를 선택해 주세요. 오늘 밤, 잘 모실게요."

미호가 눈웃음을 쳤다.

그녀의 동정남흡기술은 정체기에 있었다. 수많은 숫총각들의 동정을 몸에 받아들였지만 이제 새롭게 격의 변화를 꿈꿔야만 했다.

오랜 세월 동정을 지켜 온 남자들은 마법이란 기적을 부릴 수 있는 마법사였다.

미호의 눈에 비친 천도훈은 마법사였다.

그것도 그냥 마법사가 아닌 마법사 중의 마법사였으니, 진국이었다.

동정남흡기술 색공에는 피부의 접촉을 통해 숫총각들의 기운을 감지할 수 있는 비법이 있었다. 천도훈의 몸에서 전해 져 오는 동정의 기운이 태산처럼 묵직하면서 강렬했다.

그녀는 천도훈의 신체와 접한 순간 마치 몸이 녹아들어 가 는 느낌을 받았다.

"아!"

그녀의 붉은 입술이 벌어지면서 황홀한 신음 소리가 절로 새어 나왔다.

피부만 접촉해도 미칠 듯이 기뻤다.

직접 운우지락을 나누면 말 그대로 구름 위에서 노니는 황 홀을 누릴 수 있었다. 상상만 해도 기쁜 그녀의 얼굴이 붉게 달아올랐다.

"흠!"

달콤한 신음 소리에 일격을 당한 천도훈의 안색이 붉어졌 다.

뭉클! 뭉클!

부비부비! 부비부비!

팔을 통해서 전달되는 가슴의 감촉까지, 공격은 더욱 강렬 해졌다. 성숙한 여체의 공격에서 천도훈이 헤어나오지를 못 했다.

쪼옥!

미호가 천도훈의 귓불을 살짝 입에 넣어 빨았다.

"크허헉!"

입을 떡 벌린 천도훈이 큰 신음을 내뱉었다.

그는 불시에 닥친 한계 이상의 공격에 허물어져 버렸다. 찌릿한 전기가 머리에서 발끝까지 치고 내달렸기에 전율했다.

그는 미호에게 함락됐다.

"결정됐군. 오늘 밤 그 친구를 잘 부탁해."

더 이상 천도훈에게 말을 듣지 않아도 된 이한열이 말했다.

"걱정 마세요. 제가 뜨겁게 온몸으로 잘 모실게요."

미호의 눈이 색기로 화르르 불타올랐다.

그녀가 한 마리 화사처럼 꿈틀거리면서 천도훈의 품속으로 파고들었다. 작은 몸으로 천도훈을 꽁꽁 감싸고 들었다.

분명히 작은 여체였는데 색기를 부려 가면서 건장한 한도훈의 몸을 완벽하게 감쌌다. 여체의 적극적인 공세 앞에서 천도훈이 몸을 꿈틀거렸다.

미호가 혀와 가슴, 사지 등을 모두 활용하여 천도훈을 자극했다.

이미 그녀의 눈에 이한혈와 설향은 보이지 않았다.

아니 있어도 상관없다.

그녀는 다른 사람이 있다고 해도 상대인 천도훈에게만 집중했다.

지금 이 순간 천도훈은 그녀의 정랑이었다.

비록 몸을 팔며 살아가는 미호였지만 만나는 모든 남자들에게 최선을 다했다. 몸과 마음을 다 받쳐 최선을 다했기에 그녀는 천상향의 특급 기녀로 있을 수 있었다.

돈을 내어 하룻밤을 산 남자에게는 지상 최고의 향락을 안겨 주지만 돈 떨어지는 순간 남이 된다. 돈을 내지 않았다면 동정남흡기술을 상승시킬 수 있다고 해도 사양이었다.

그녀는 천상향의 여인이었다.

사르륵! 사르륵!

적극적인 미호에 의해 천도훈의 상의가 살며시 벗겨지고 있었다. 상의가 젖혀지면서 탄탄한 어깨가 모습을 드러냈다.

두 남녀가 이제 곧 비단 금침 위에 널브러져 함께 몸을 뒹굴 화끈한 기세였다.

"대인은 제가 모실게요."

몸이 달아오른 설향이 이한열을 안내하며 실내를 빠져나갔다.

씰룩! 씰룩!

걸을 때마다 흔들리는 엉덩이의 선이 무척이나 매력적이다.

이한열이 뒤에서 걸어가면서 여체의 뒷모습을 감상했다.

'여체를 타고 흐르는 유려한 선은 세상의 어떤 선보다 아름답구나.'

죽음 직전에 깨달음을 얻어 내뻗는 절묘한 수가 보여 주는 검로보다 설향이 보여 주는 선이 더욱 강하면서 매혹적이었다.

씰룩! 씰룩!

뒤쪽에서 꽂히는 뜨거운 시선을 알아차린 설향의 몸이 야릇한 선을 연신 만들어 냈다. 복도를 걸어가고 있는 그녀의 몸에서 달콤한 장미 향기가 났다.

그녀는 오늘 장미 꽃잎을 띄워 놓은 우윳빛 물에서 목욕을 했다. 머리를 산뜻하게 들어 올리고 가녀린 목을 드러냈고, 평소보다 짙은 화장을 했다.

동기들의 익숙한 손놀림에 몸을 맡기고 한동안 의자에 앉아 있자 그녀는 목욕을 끝마치고 날 때보다 더욱 아름다운 여인으로 변신해 있었다.

화장을 통한 여인의 변신은 무죄였다.

병사가 전장에 나갈 때 검과 창을 가지고 가듯 기녀들은 밖으로 나올 때 화장을 한다. 그녀들에게 있어 화장술은 무장술이었다.

그녀가 아름답게 보이는 화려한 화장술이자 무장술로 이

한열을 유혹하고 있었다.

사박! 사박!

저벅! 저벅!

열정을 불태울 밀실로 향해 가는 두 남녀의 몸이 서서히 달아올랐다.

"사랑해 주세요."

설향이 애틋하게 청했다.

화대를 지불했기에, 돈을 주고 샀기에 여체를 함부로 대하는 남자가 많았다. 하룻밤이지만 그런 손님을 접하고 나면 몸과 마음이 황폐해졌다.

비록 기녀로 살아가고 있지만 그녀는 진정으로 사랑을 갈구했다.

"사랑하자."

적극적으로 다가오는 설향에게 이한열이 답했다.

그는 북경에 있을 때부터 화류계 여인들과 정을 통하며 지내 왔다. 많은 기녀들을 만났지만 엽기적이나 변태적으로 놀지 않았다. 가련한 삶을 살아가는 여인들에게도 항상 최선을 다했다.

그것이 여인들을 위해서 좋고, 자신에게도 이득이 된다는 걸 알고 있기 때문이었다. 수동적으로 어쩔 수 없이 응하는 여인들보다 자발적으로 행하는 여인들과의 시간이 훨씬 즐거웠다. 사랑을 불태우는 여인과의 시간은 항상 즐겁고 흥미로웠다.

사르르! 사르르!

은촉에 꽂혀 있는 초의 희미한 불빛 아래 설향의 비단 옷자락이 하나둘씩 몸에서 사라졌다. 뱀이 허물을 벗듯 한 꺼풀씩 옷을 벗을 때마다 여체의 아름다움이 드러났다.

"아름답구나."

이한열이 실오라기 하나 걸치지 않은 여체를 보면서 눈을 번쩍 떴다. 참으로 아름다운 예술 작품을 바라보듯 감상에 빠졌다.

양의 기름 덩이 같이 빛이 나고 윤택이 있는 흰 옥, 양지옥을 방불케 하는 살갗이었다. 옷을 벗기 전에도 빛났는데, 알몸일 때는 더욱 반짝였다. 만개하여 농염한 설향의 육체가 금방이라도 터지려고 했다. 풍만한 유방이 숨을 쉴 때마다 위아래로 요동치고 있었다.

사박! 사박!

사랑을 갈구하는 설향이 이한열에게로 가깝게 다가섰다.

요염한 여체의 지극히 관능적 아름다움을 접하고 있는 이한열은 흥분의 전율을 느꼈다.

그렇게 밤이 깊어져 갔다.

　　　　*　　　*　　　*

　날이 밝았다.

　긴 밤을 보낸 천도훈이 천상향 밖으로 나오고 있었다. 밤
새 잠을 자지 못했는데도 불구하고 그의 안색은 숙면을 취한
것처럼 빛났다.

　밖에는 이미 이한열이 나와서 대기하고 있었다.

　"좋은 시간 보냈나?"

　"잊을 수 없는 황홀한 시간이었습니다."

　미호와 보낸 시간이 천도훈의 결핍된 마음을 일부 채워 줬
다.

　"좋았다니 다행이군."

　"어떠셨습니까?"

　"뜨겁고 좋은 시간이었네."

　"오늘 밤 또 다시?"

　천도훈은 다시 미호와 즐거운 시간을 가지고 싶었다. 아쉬
움을 잔뜩 가지고 있었기에 떠나지 않고 오늘 밤도 함께하고
자 하는 마음을 드러냈다.

　"세상의 여인은 많네. 굳이 기루의 여인에게 정을 쏟을 필
요는 없어."

　스치고 지나가는 인연이었다.

가련한 인생을 살아가는 기녀들과는 하룻밤 인연으로 남겨 두는 것이 서로 좋았다. 진심으로 사랑하여 기녀의 과거를 잊고 살 자신이 있다면 모를까, 괜히 어설픈 사랑을 줬다가는 상처만 입는다.

옹졸한 이한열은 과거가 많은 기녀를 받아들일 마음이 눈곱만치도 없었다. 관능적인 아름다움에 감탄한 설향이라고 해도 그건 마찬가지였다.

"그렇습니까?"

천도훈의 말에 묘하게 힘이 빠져 있었다.

"쯧쯧쯧! 처음으로 여체를 접하더니 첫 여인에게 정기를 너무 빨렸군. 여인을 만나 다시 사랑을 하게 되면 지금의 안타까움이 사라질 거야."

"진짜 그렇게 됩니까?"

"화류계를 전전한 풍류남아로서 장담하지. 진짜 사랑을 하게 되면 어설픈 사랑은 잊혀지기 마련이야."

"진정한 사랑을 찾으면 기루에는 오지도 못하겠군요."

천도훈은 왠지 모르게 미래에 만날 배후자에게 미안했다.

"사람이 밥만 먹고 살 수는 없는 노릇이지. 때때로 기분 전환을 해 줘야 해."

단호하게 이한열이 말했다.

그는 전형적으로 나쁜 남자였다.

중원에서 살아가는 남자들 태반이 나빴다. 하지만 꼭 나쁘게만 볼 수는 없었다. 일부다처제의 중원에서 남자들이 많은 첩을 거느리는 것은 가축을 많이 소유하는 것과 마찬가지로 신분과 부의 상징이었다.

관리들 가운데 부인을 지극히 사랑하여 본처 하나만 두는 자들은 빈천한 필부를 자처하는 꼴이라며 극도로 경멸당했고, 관직에서도 높이 올라서지 못했다.

남자는 능력이 되는 한 많은 여자를 거느려야 했고, 궁중 법도에 따르면 황제는 백열넷의 아내를 둬야 했다. 현 황제가 거느린 여성들이 무려 삼천에 이르렀다.

황제까지는 아니지만 이한열은 처첩의 자리를 적어도 열 손가락 넘게 채울 작정이었다.

그만큼 그는 능력이 있는 남자였다.

"강호십대미인이 있다고 하던데……."

"듣기로 무척 아름답다고 했습니다."

"강호십대미인의 사랑을 쟁취해 보자."

"좋은 생각이십니다."

"누가 먼저 강호십대미인의 사랑을 얻는지 내기할까?"

"좋습니다."

천도훈이 호승심을 불태웠다.

신으로 받들고 있는 교주 이한열에게 다른 건 모두 양보해

도 강호십대미인의 사랑은 양보할 수 없었다. 목숨을 줄 수
는 있어도 사랑은 아니었다.

빠직! 빠지직!

이한열과 천도훈 사이에 묘한 긴장감이 감돌았다.

"가자, 강호로!"

"호위하겠습니다."

두 사람이 보무도 씩씩하게 강호를 나아갔다.

第八章
주수선

주윤무는 황제 자리에 올라 도저히 상상할 수 없을 만큼의 음탕한 생활에 깊이 빠져 들었다. 진시황의 아방궁도 훌쩍 뛰어넘을 정도로 말이다. 주야를 가리지 않고 주연을 베풀고 육체의 향연을 마음껏 즐겼다.

명의 관리인 채홍사들이 중원뿐 아니라 새외에서도 아름다운 미녀들을 지속적으로 모아서 황실에 바쳤다. 그렇지 않아도 텅텅 비다시피 한 국고가 빠르게 비었고, 이제는 먼지만 폴폴 날리는 수준이었다.

윗물이 맑아야 아랫물도 맑은 법이다.

주수선이 두 팔을 걷어붙이고 노력하고 있었지만 황제가

주색을 즐기자, 밑의 사람들도 자연스럽게 주색을 탐했다. 자연스럽게 조정에는 부정부패가 만연해졌다. 전대 황조보다 더욱 심한 일들이 벌어지고 있었다.

오빠가 황제로 즉위를 하였지만 주색에 빠져 정무를 팽개치고 있는 탓에 주수선 군주는 새 정권에서 최고의 권력을 움켜잡고 있었다.

하지만 그녀가 움켜쥐고 있는 실권은 서서히 약화되어 갔다.

황제를 모시고 있는 고관대작들과 황후, 비빈들의 외척들이 점점 힘을 키워 나갔기 때문이었다. 권력은 부자 사이에도 나누지 않는다는 말이 있듯 새로운 정권을 창출해 낸 사람들 사이에서 권력 다툼이 벌어지고 있었다.

아직까지는 표면적으로 드러나지 않았지만 수면 아래에서 고요하면서도 흉험한 싸움이 빈번하게 일어났다. 이런 전초전들은 조만간 몰아닥칠 격렬한 폭풍 전야의 고요함에 불과했다.

권력을 움켜잡기 위한 다툼은 겉으로 크게 드러나지 않았지만 밖으로 조금씩 표출되어 갔다. 한목소리를 내지 않고 분열한 조정으로 인해 새로운 시대를 열어 나가야 할 원동력이 희미해졌다.

"휴우! 요즘 들어 너무 답답하구나."

주수선이 의자에 털썩 주저앉으면서 한숨을 내쉬었다.

돌아가는 정국이 마음에 들지 않아 그녀의 아름다운 얼굴이 찌푸려져 있었다.

구태의연한 전대 황조의 껍질을 벗고 백성들이 잘 살 수 있는 태평 시대를 열어 가기 위해서는 하나로 일치단결을 해도 어려웠다.

"새롭게 정권을 창출해 냈다는 핑계로 저마다의 이익만을 탐하려고 하다니 못난 놈들!"

고관대작들과 외척들의 탐욕과 고집에 주수선은 기가 막힐 따름이었다. 어떻게든 그들의 잘못된 점을 깨뜨리려고 설득도 하고 노력도 했지만 결국 헛수고였다.

욕심에 눈이 먼 사람들에게 이성적인 말은 통하지 않았다.

"분에 넘친 복에 겨워서 스스로 죽는 줄도 모르고 날뛰는 어리석은 녀석들이다."

황제 즉위 다툼에서 승리한 사람들은 제 세상을 만난 것처럼 기뻐서 어쩔 줄 몰라 했다. 비록 황태자라는 명분이 있었지만 세력이 약한 주윤무가 다음 대 황제로 등극할 가능성은 높지 않았다.

강하고 능력 넘치면서 똑똑한 사람들은 주윤무가 아닌 다른 황자들을 선택했다. 주윤무 진영에 합류한 사람들은 대체적으로 부족한 면이 많았다. 주윤무의 입장에서는 울며 겨자

먹기 식으로 받아들일 수밖에 없었다.

그런데 가능성이 약한 주윤무가 황제로 등극하는 경사가 벌어졌다. 합류한 사람들에게는 대박이 터진 것이었다.

"욕망을 억제하지 못하고 불을 뿜어내듯 내뿜기만 해서 어쩌자는 거지?"

사람이 활활 타오르다 보면 홀라당 타서 잿더미가 되어 버린다. 욕망과 탐욕으로 물든 관리들의 말로는 정해져 있다고 해도 과언이 아니었다.

처음에는 점잖은 티를 내던 관리들도 이내 허영심을 강하게 드러내면서 사치를 부렸다. 한마디로 돌아가는 세상 물정은 생각하지 않는 철부지들이었다.

고관대작들은 부하들로부터 악착같이 뇌물을 거두어들였고, 뇌물을 준 사람들의 편리를 봐주는 한편, 눈에 거슬리는 자나 뇌물을 바치지 않은 자는 가차 없이 좌천을 시키거나 잔악한 보복을 일삼았다. 탐관오리와 욕심에 물든 무리들이 황제와 주수선의 눈과 귀를 막아 버렸다.

그러나 그런 사람들을 쪽쪽 집어내기가 무척이나 어려웠다.

겉으로는 황제와 주수선을 위해 심장이라도 빼낼 것처럼 따르고 있었고, 설령 자기의 뜻에서 어긋난다고 해도 어떻게든 하는 시늉을 했다.

주수선의 주변에는 표리부동하고 음험한 사람들로 넘쳐났다.

"하아! 근래 겉과 속이 다른 사람들만 접하다 보니 그 녀석이 떠오르네."

그녀가 허공을 응시했다.

전장을 종횡무진 내달리면서 몸으로 그녀를 보호했던 학사! 적당히 뇌물을 받으면서 겉과 속이 같은 이기적인 남자!

명예욕, 출세욕, 물욕, 색욕 등 탐욕으로 똘똘 뭉쳐 있는 이한열이지만 주제와 분수는 잘 알고 있었다. 욕심을 조절할 줄 알았기에 탐욕 어린 사람들을 잘 조율하였다.

이한열과 보냈던 재미있는 시간이 그녀의 뇌리에 떠올랐다.

"강호에 보낸 것이 잘못이었는지도 몰라."

쓴웃음을 짓는 그녀가 자신의 결정을 조금이나마 후회하고 있었다.

실제로 그녀에게 가장 도움이 되는 인물이 바로 이한열이었다. 빠릿빠릿하면서 눈치 빠른 이한열이 옆에 있었다면 주수선의 입장이 지금처럼 곤란하지 않았을 가능성도 높았다.

사실 황족에게 사람들은 부리기 위해 존재하는 것이나 마찬가지였다. 황족으로서 주수선도 여러 가지를 보고 배웠는데, 한 명의 사람을 지나치게 총애하다 보면 참으로 많은 문제가 발생한다는 점이었다.

그녀는 이한열을 예뻐하는 만큼 내면에 경계심을 가지고 있었다. 점점 강해지는 이한열이 부담스럽기에 강호로 내보낸 측면도 있었다.

황족은 누릴 수 있는 권한이 상당하지만 그 자체가 머리를 아프게 만들었다. 권한과 함께 따라오는 책임감에 잡아먹혔다가는 인외의 괴물이 되어 버린다.

역대로 광기에 물든 황족의 출현은 세상에 커다란 재앙거리였다.

그렇지만 주수선이 이한열을 좋아하는 마음이 크다는 건 부정할 수 없는 사실이었다.

종삼품의 형부의 관리로 있는 조성현은 이한열의 비열하고 야비한 행동에 분개하며 잔뜩 벼르고 있었다. 꼬장꼬장한 성격이었기 때문에 이한열의 비리를 낱낱이 조사하여 상소까지 하기에 이르렀다.

정식으로 상소를 하게 되면 황제로서도 쉽게 묵과할 수 없는 일이었다.

주수선은 대신들이 모인 자리에서 급사중에게 이한열의 비리 문제를 파악하도록 명했다. 그러면서 따로 불러내어 은밀하게 지시했다.

"적당히 덮어. 무슨 말인지 알지?"

"알겠습니다."

급사중의 내사 결과 이한열은 혐의 없음으로 나왔다. 그리고 엉뚱하게도 청백한 조성현이 형부에서 물러나 지방으로 좌천당했다.

주수선 군주의 명령과 함께 이한열의 맹방인 관리들은 사건의 진상이 폭로되는 걸 결사적으로 막아 냈고, 무고를 했다며 조성현을 좌천시켰다.

조정에서 황족의 총애를 받는 사람을 찍어 낸다는 건 쉽지 않았다.

대다수 사람들은 이한열이 교활하게 뇌물을 받아먹고 부정부패를 일삼는다는 걸 알고 있었다. 하지만 확고한 증거가 없기에 이한열의 비리를 덮을 수 있었다.

그렇지만 이 과정에서 강직하고 청렴한 관리를 좌천시킨건 조정의 커다란 손실이었다. 관리의 비위를 바로잡기 위해 나선 충신을 지방으로 쫓아 버리고, 간신을 옆에 둔 건 참으로 심각한 문제였다.

탐관오리와 간신을 규탄하고 처벌하지 않는다면 황실과 조정은 점점 병들게 된다. 그나마 남아 있던 충신들의 의기가 이번 일로 인해 죽어 버렸다.

주수선은 이한열을 옹호한 것이 엄청난 잘못이었다는 걸 시간이 지나고서야 깨달았다. 지금은 그때의 결정을 크게 후회하고 어떻게 하면 충신들의 의기를 살릴 수 있는지 고민하는 중이었다.

"이한열은 참으로 계륵과도 같은 존재야. 버리자니 아깝고 데리고 있자니 문제를 일으켜."

그녀는 이한열이란 인물을 예리하게 간파하고 있었다. 물욕과 색욕이 강하고 목적을 위해서라면 수단 방법을 가리지 않는 자라고 단정짓고 있었다. 참으로 이한열이란 인간을 잘 파악하고 있었다.

"분명히 계륵이기는 하지만 될 수 있으면 품에 안고 가야해. 혼란스런 시대에는 속되고 악한 자가 고지식하고 선량한 군자들보다 쓰기에 따라 훨씬 도움이 된다."

틀에 박혀 융통성 없이 딱딱하게 행동하는 군자들과 달리 이한열은 어디로 튈지 몰랐다. 천방지축에 가까운 재기발랄함으로 인해 황자지란에서도 엄청난 공훈을 올릴 수 있었다

이한열이 아군이라면 사용하기에 따라 최강의 패가 될 수 있었고, 적이라면 반드시 제거해야 하는 위험 분자였다. 아군까지 병들게 하는 독이라는 사실이 문제였지만 독은 쓰기에 따라 백약의 으뜸이 되기도 한다.

"강호에서 강해져 돌아와라. 돌아올 때는 격렬한 권력 싸

움에 휩쓸릴 테니 말이다."

야망이 넘쳐 나는 주수선이 앞으로 있을 험악한 권력 다툼에서 이한열을 칼로 쓰겠다 작정했다.

그녀는 사람들에게 보여 주고 있었다.

충성하면 입신출세는 말할 것도 없고 설령 비리를 저질러서 발각되어도 무사할 수가 있으나, 반대의 경우 충신이라도 좌천당하게 된다는 예를 조정의 모든 신하들에게 보여 줬다.

사실상 황제의 권한을 직접 행하고 있는 주수선은 권력을 이용해 현재의 위치를 튼튼하게 하면서 더욱 공고하게 만들어나갔다.

그녀는 장막 뒤의 실력자이자 사실상 황제인 셈이었다.

중원에서 가장 높은 위치에 올라섰다고 봐도 무방했다.

최고의 자리에 올라섰기에 아래로 내려서고 싶은 마음이 없었다.

주수선 역시 욕망과 탐욕에 물들어 황실과 조정을 잘못된 길로 나아가게 만드는 데 일조하고 있었다. 처음에는 순수하게 정권 교체기의 혼란을 막고 국정을 안정시키려고 총력을 기울였다. 그러나 마음처럼 흘러가지 않는 주변 상황에 그녀의 마음이 흔들렸다.

"측천무후……."

중원의 역사상 여성으로 유일하게 황제의 자리에 올랐던

측천무후를 주수선이 뇌리에 떠올렸다.

측천무후는 보는 시각에 따라 잔인한 폭군이 될 수도 있고, 권력의 화신으로 보이기도 한다. 하지만 일세를 풍미한 탁월한 정치가이자 여걸이라는 부분에서는 누구도 부정할 수 없다.

주색을 일삼는 오라버니에게 황좌를 맡기기에는 마음이 놓이지 않았다. 어리석은 오라버니 대신 제이의 여황제로 즉위하고 싶은 욕망이 마구 꿈틀거렸다.

"해 보자."

그녀가 붉은 입술을 새하얀 치아로 지그시 깨어 물었다. 장차 대명을 더욱 높여 주고 빛낼 수 있는 사람은 현 황제가 아닌 자신이라고 생각했다.

애써서 쌓아 올린 새 황조의 장래를 이대로 허무하게 날려 버릴 수는 없는 노릇이었다.

"쉽지는 않겠지만 할 수 있어."

그녀가 결심을 내렸지만 염려스럽지 않을 수 없었다. 새삼스레 여자라는 사실을 느꼈으며, 죽음에 대한 불안이 가슴속으로 파고들어 왔다.

여자가 황제로 등극한다는 건 반역인 동시에 무척이나 지난한 일이었다. 온갖 정성을 다 쏟아도 하늘이 도와주지 않으면 불가능했다.

사실 중원에서 여자가 나라의 대권을 잡고 주인이 된다는 일은 전혀 가능하지 않았다. 여자들이 대우받는 세상이 아니었다. 이것은 황족이라고 해도 예외일 수 없었다.

"불가능하니까 더욱 도전하고 싶군."

보통 사람들이라면 애당초 생각하지도 않는 일이었는데 확실히 청개구리 성질을 가지고 있는 주수선이었다.

"여자로서 천하의 주인이 된다? 무척 매력적이구나. 호호호호호!"

짤랑짤랑한 웃음을 터트리면서 주수선이 야망을 불태우고 있었다. 야망이 이뤄진다는 상상만으로도 가슴이 부풀어 올랐다.

"호호호호!"

초승달을 그리면서 활짝 웃고 있는 그녀의 두 눈이 욕망으로 번들거렸다. 사랑스러운 외양인 건 분명했는데, 괴물처럼 보이기도 했다.

앞으로 파란만장한 삶을 보낼 주수선이었다.

第九章

배덕의 후예
청풍

"우웩!"

얼굴이 불콰해진 손님이 토했다.

식탁 위에는 그가 비워 낸 술병들과 먹다 남긴 안주들이
토사물에 범벅이 되어 함께 뒹굴고 있었다.

"우우욱! 웩! 현아! 왜 나를 떠나간 거야?"

주점에 들어올 때부터 이미 밖에서 한잔을 하고 온 이십대
손님이었다. 그는 너무 괴로운 듯 안주는 거의 손을 대지 않
은 채 죽엽청만 입에 미친 듯이 처넣었다.

"가 봐. 진상 손님을 처리하고 깔끔하게 치워."

입가에 비릿한 웃음을 짓는 점소이가 작은 소년의 등을 떠

밀면서 지시했다. 그와 함께 물에 젖은 행주 하나를 건넸다.

술에 취한 진상 손님을 처리하는 건 오랜 시간 주점 생활을 한 점소이들에게도 힘든 일이었다. 술에 취하면 우선 이성적인 대화가 통하지 않았고, 만취한 주정뱅이는 막무가내로 행동하고는 했다. 아직 어린 소년이 감당하기에는 버거웠다.

"네."

청풍은 약정주점에서 얼마 전부터 일을 배우고 있었다.

토하고 있는 손님에게 가면서도 자신이 왜 주점에서 일하고 있는지 회의감이 드는 표정이었다. 하지만 일족의 행동 지침에 의해 어쩔 수 없이 약정주점에서 일을 해야만 했다.

'큭! 일족의 행동 지침에 술 취한 사람에게 대처하는 방법이 있었던가?'

청풍이 속으로 쓴웃음을 지었다.

족쇄처럼 따라붙어 다니는 행동 지침은 청풍의 행동과 정신까지 하나하나 간섭했다. 배덕을 하고 난 뒤 일족에 찰거머리처럼 붙어 버렸다.

"손님, 괜찮으세요?"

청풍이 손님에게 다가가 조심스럽게 물었다.

식탁에 가깝게 다가서니 토사물의 시큼한 냄새가 장난이 아니었다. 토사물로 범벅이 된 식탁과 바닥을 깨끗이 청소하기가 무척 어려워 보였다.

"끄윽! 넌 뭐야?"

다행스럽게도 손님이 구역질을 멈추고 청풍에게 말을 걸었다.

"일 배우고 있는 점소이에요."

"우우욱! 웩!"

손님이 청풍의 얼굴을 향해 구역질을 했다.

슥!

찰나의 순간 청풍의 두 눈에 이채가 스치고 지나갔다.

'피해야 하나?'

그는 토사물이 날아드는 순간 빠르게 몸을 회피할 수도 있었다. 일족의 고수가 뿌리는 암기도 피해 낼 수 있는 어린 실력자였다. 그렇지만 함부로 일족의 무공을 발휘하지 못했다.

'목숨의 위협을 받는다고 해도 사용해서는 안 된다고 하셨지.'

외부에서 무공을 사용하지 말라는 행동 지침은 어릴 때부터 세뇌 받듯 각인된 절대 명령이었다. 절대 명령을 어기는 순간 율법사자들에게 사냥을 당하게 된다.

외부에서 활동하고 있는 일족들은 모두 단전의 내공을 사용할 수 없도록 대라진봉혈 금제를 받은 상태였다. 금제를 당했다고 하나 어릴 때부터 육체 단련을 해 왔기에 취객의 토사물을 피하는 건 어렵지 않았다.

철퍽!

토사물이 청풍의 얼굴에 그대로 작렬했다.

끈적끈적한 느낌과 함께 코를 찌르는 심한 악취가 무척이나 고약했다.

취객이 눈을 게슴츠레하게 뜨고서 청풍을 바라보고 있었다. 자신이 저지른 만행을 인지하고 있다는 반증이었다.

"손님, 이제 그만하셔도 되지 않나요?"

토사물로 범벅이 된 얼굴의 청풍이 처연하게 물었다.

"그…… 그래."

만취한 취객이 비틀거리며 주점을 나갔다.

계산대에 있던 주인은 취객에게서 적지 않은 돈을 받으면서 희희낙락해하고 있었다.

"뭐하는 거야? 멍 때리지 말고 빨리 치운 뒤에 우물에 가서 씻고 와."

선배 점원이 멀찌감치 떨어져서 악악 소리 질렀다.

"네!"

청풍이 고사리 같은 손으로 토사물 범벅이 된 식탁과 바닥을 치우기 시작했다.

스윽! 슥!

치우면서 악취가 청풍의 몸에 가득 배었다. 손에 가득 전해져 오는 토사물 특유의 감촉이 말로 표현하기 힘들 정도로 역겨웠다.

"더러워져서 다행인지도 모르겠다. 쉴 수 있는 시간을 얻었으니 말이야."

청풍의 두 눈이 암울해졌다.

희망이라고는 있어 보이지 않는 눈빛이었다.

믿고 따라야 하는 교주가 돌아오지 않는 한 일족의 사람들은 비천한 삶을 살아야 한다. 세상의 사람들을 두렵게 할 무공을 익히고 있어도 밑바닥 인생에서 벗어나지 못한다.

배덕의 대가였다.

어렵고 힘든 정도를 넘어 피눈물을 흘리고 살아가면서 배덕했던 잘못을 후회하고 있다고 언젠가 찾아올 교주에게 보여 줘야만 한다.

참회하고 또 참회한 끝에 교주의 용서를 받아야 구원된다고 일족 사람들을 생각하고 있다. 언젠가 찾아올 교주가 구원을 내리지 않는다면 일족은 그 자리에서 목숨을 끊어야만 했다.

일족은 언젠가 찾아올 구원이라는 아주 가느다란 희망을 붙잡고 살아가고 있었다.

청풍의 할아버지의 할아버지 그리고 또 할아버지를 넘어 참으로 장구한 세월 동안 구원을 받은 사람은 없었다. 배덕을 했다고 하지만 너무나도 가혹한 처벌이자 삶이었다.

"살아도 산 것이 아니구나."

이제 갓 열세 살이 된 청풍이었지만 마음은 무척이나 노회했다. 밑바닥의 궁핍하고 힘든 삶이 어린 청풍의 마음을 늙게 만들었다.

"늙어 죽을 때까지 구원이 찾아올까? 아마 나도 할아버지의 할아버지들처럼 허무하게 죽겠지."

청풍은 구원이 온다는 희망을 버린 지 오래였다.

열 살 이전에는 미친 듯이 구원을 바랐지만 그것이 간절히 원한다고 되는 것이 아니라는 걸 깨달았다. 행동 지침에 따르면 하늘에 닿을 정도로 치성을 드리면 교주가 찾아온다고 하지만 그건 새빨간 거짓말이었다. 정성으로 교주가 온다면 벌써 골백번도 더 왔어야지 정상이었다.

"다 때려치우고 싶다. 일도…… 삶도……."

청풍은 점원 생활을 자의로 그만둘 수가 없다.

일족의 사람들은 사람들이 많이 모이는 곳에서 일을 하면서 교주와의 만남을 기다려야만 했다.

일족은 교주를 알아보지 못한다.

하지만 교주는 배덕의 무리들이 가진 힘을 단번에 알아차린다.

그렇기에 남자들은 주점을 비롯한 비천한 곳에서 일을 하고 있었고, 여자들은 홍루나 청루와 같은 기루에서 몸을 팔았다.

청풍의 누나인 청연 역시 유곽에서 몸을 팔며 교주를 애타게 기다리고 있었다.

"누나! 교주는 오지 않아."

청풍은 구원에 대한 소원을 내려놓았지만 청연은 아직까지 포기하지 않은 상태였다.

저벅! 저벅!

어깨를 축 늘어뜨린 청풍이 처연한 발걸음으로 쪽문을 빠져나와 우물로 향했다.

"소년!"

"주문은 다른 점소이에게 해 주세요."

"잠깐 할 말이 있어."

"죄송하지만 냄새가 나서 갈 수가 없어요. 우물에 가서 씻어야 해요."

"괜찮아."

듣기 좋은 미성에는 거부하지 말라는 지시가 담겨져 있었다.

슥!

고개 돌린 청풍의 두 눈에 쪽문을 통해 따라온 학창의를 입은 사내와 검을 차고 있는 사내가 들어왔다.

까닥! 까닥!

사람 좋은 웃음을 짓고 있는 이한열이 소년을 향해 손을 움직이고 있었다.

"부르셨어요?"

"왜 여기에 있는 거지?"

"여기에서 일을 배우고 있어요."

"왜 일을 하는데?"

"네? 그야 당연히 돈을 벌어야 하니까 그렇지요."

청풍이 어이없는 표정을 지었다.

만취한 취객을 상대할 때도 힘들었는데, 지금은 멀쩡한 사내와 말을 하면서 낭패를 겪었다. 질문이 질문 같아야 제대로 대화를 섞을 수 있었다.

"내가 말을 실수했군. 교의 후인으로 왜 비천하게 살아가느냐는 거야."

부르르! 부르르!

이한열의 진정한 정체를 알아차린 청풍이 전율했다. 진정을 하려고 해도 몸의 떨림이 멈추지 않았다.

두근! 두근!

고삐 풀린 망아지처럼 심장이 미친 듯이 뛰었다.

주르륵! 주르륵!

두 눈에서 투명한 눈물이 흘러내렸다.

봉인을 한 자신을 알아볼 수 있는 사람은 교주뿐이라고 일족의 행동 지침에 적혀 있었고, 일족의 수뇌부들도 누누이 말해 왔다.

생전 오지 않으리라 생각하던 구원의 기회가 찾아왔다.

"왜 이제야 오셨습니까?"

청풍이 원망의 말을 내뱉었다.

청풍이 느끼기엔 너무 늦게 찾아온 이한열이었다.

부모님은 구원을 받지 못하고 돌아가셨고, 누이인 청연은 유곽에서 몸을 팔며 비천한 삶을 보내고 있었다.

"감히! 찾아 준 것만 해도 영광이거늘 배덕의 무리가 교주를 원망하는 것이냐?"

천도훈이 앞으로 나서면서 싸늘하게 외쳤다.

슥!

그가 검병에 손을 가져갔다.

금방이라도 검을 휘둘러 청풍의 목을 벨 것만 같은 기운을 마구 흩뿌렸다.

툭!

이한열이 천도훈의 손을 잡으면서 하지 말라고 지시했다.

"늦어서 미안해."

이한열이 고개를 숙이며 미안함을 표했다.

주르륵! 주르륵!

눈물을 흘리는 소년의 눈빛에는 절망과 원망이 가득 넘쳐났다. 이한열은 그 눈빛에서 힘든 시간을 보낸 소년의 아픔을 간접적으로나마 절실히 느꼈다.

스르르르르!

마음에 깃들어 있던 원망과 절망이 햇볕에 녹아내리는 눈처럼 사라져 갔다. 참으로 신비한 감각을 느끼고 있는 청풍이 제자리에서 그대로 허물어졌다.

"용암 일족의 후예 청풍이 교주를 뵙습니다."

쿵!

청풍이 오체투지하면서 교주의 왕림을 반겼다.

부르르! 부르르!

그가 구원받았다는 사실에 오체투지 상태에서 오열하며 전율하였다. 일족이 장구한 세월 동안 기다리고 있던 구원이 드디어 이뤄졌다는 사실에 감격했다.

"용암 일족?"

"광명우사를 따르던 배덕의 무리입니다. 교주를 척살하는 데 있어 혁혁한 공을 세운 전투 일족입니다."

천도훈이 청풍을 바라보면서 탐탁지 않은 시선을 보냈다.

용암 일족은 광명우사 진영의 가장 큰 전력 가운데 하나였다. 각종 주술과 대법으로 태어날 때부터 전투에 최적화된 신체를 지녔고, 배교의 무공을 익히는 데 있어 타의추종을 불허

한다.

"당대 교주를 척살한 건 암흑좌사 진영입니다. 헤아려 주십시오."

청풍이 고개를 발딱 들고서 외쳤다.

본능적으로 천도훈이 암흑좌사 진영의 일인이라는 걸 알 수 있었다. 그렇기에 황급히 일족에게 내려오는 비사의 일을 교주에게 알렸다.

"죄송합니다. 말도 안 되는 낭설을 들은 터라 발끈했습니다."

"낭설이라니요? 교의 기록서에 그대로 있는 내용입니다."

"그 기록서를 조작한 것이 바로 광명우사 아니냐?"

"모함입니다. 교의 기록서는 사서들만이 작성할 수 있습니다."

"홍! 사서를 자신의 아들로 임명한 것이 광명우사이다. 손바닥으로 하늘을 가릴 수는 없는 법이다."

둘의 말다툼은 한 치의 양보도 없었다.

그도 그럴 것이 교주를 척살했다는 건 신도들에게 있어 엄청난 중죄였다. 교주의 신성한 피를 묻힌 배덕의 무리들은 그 진실을 후대에게 알리지 않고 상대방에게 뒤집어씌웠다.

"아! 벌써부터 암흑좌사와 광명우사의 내분인가?"

이한열이 정색했다.

오래 전 과거의 진실이 어떤지는 정확히 알 수가 없다. 하지만 그 진실을 두고 암흑좌사와 광명우사가 어떻게 후대에 알렸는지는 명확했다.

'자기들 유리한 대로 알렸겠지.'

이한열의 생각처럼 진실은 묻혔다.

그리고 진실이 어느 쪽이든 별 상관이 없는 이한열이었다. 지금 중요한 건 면전에서 다툼을 벌이고 있는 사람들이었다.

우우웅! 우우웅!

벌 떼 우는 소리와 함께 시원하면서도 경건한 신성의 기운이 이한열의 몸에서 강렬하게 일어났다.

"이것은……."

"신성이다."

"음!"

"몸의 금제가 풀려나고 있어."

청풍이 신기해했다.

대라진봉혈 금제가 풀리면서 단전에 가둬 뒀던 진기가 장강대하의 물결처럼 온몸으로 퍼져 나갔다.

교주의 신성은 배교의 신도들에게 피가 되고 살이 된다. 그렇기에 청풍의 단전을 금제하고 있는 독이라고 할 수 있는 대라진봉혈이 신성을 버티지 못하고 녹아 버렸다.

청풍이 경건함이 깃든 시선으로 이한열을 올려다보았고,

천도훈 역시 마찬가지였다.

"다투지 말라. 내 앞에서는 의미가 없으니."

이한열은 과거의 일로 교의 내분이 일어나는 걸 원하지 않았다. 그렇기에 신성까지 강하게 뿌리면서 애초에 내분의 싹을 뽑으려고 했다.

쿵!

천도훈이 황급히 무릎을 꿇으며 고개를 조아렸다.

"죄송합니다."

"잘못했습니다."

둘이 이한열에게 압도됐다.

더 이상 상대 진영을 향한 적의는 두 사람의 머릿속에 떠오르지 않았다. 이한열은 그들이 몸과 마음을 다해서 받들어야 할 신성한 존재였다.

'역시! 신성을 뽑아내는 것이 답이었어.'

둘이 스스로 다툼을 그만두도록 만든 이한열은 본래 사람을 다루는 데 있어 뛰어났다. 단숨에 내분을 잠재워 버렸다. 앞으로 암흑좌사와 광명우사의 다툼이 있을 때마다 신성을 뿌릴 작정이었다.

파아앗! 파아앗!

삿된 생각을 하는 것과 달리 상서로운 기운이 이한열의 전신에서 마구 흘러나왔다. 청량한 신성의 기운이 천도훈과 청풍에게 흘러 들어갔다.

이한열이 고고하게 서 있다.

신성은 지고한 깨달음과 경지에 이른 교주만이 내뿜을 수 있는 기적이다. 기적을 접한 신도들은 경건하게 교주를 받들어야 한다.

신도들은 거룩하고 성스러운 교주의 신성을 막을 수도 피할 수도 없었다.

신성이 구원을 내리면 신도들에게는 약이 되고, 반대의 경우에는 독이 된다. 교주는 의지로 신성을 자유자재로 다뤄 신도들을 조율 혹은 조절할 수 있었다.

배교에서 교주의 신성은 절대적이다. 그래서 거꾸로 보면 절대적인 신성을 잃어버린 교주는 신도들에게 배척당할 수도 있었다.

"아! 내가 변하고 있어."

청풍의 입에서 탄성이 흘러나왔다.

신성을 접하는 것만으로도 말로 표현할 수 없는 변화의 시작됨을 인지했다. 천도훈이 겪었던 것과 비슷한 변화를 느끼면서 감격하였다.

부르르! 부르르!

청풍이 신성을 온몸으로 받아들이면서 전율했다.

'이제는 구원을 믿습니다. 제 두 눈으로 똑똑히 보고 온몸

으로 느꼈으니까요.'

청풍은 이한열을 신뢰하고 따르면서 받들겠다고 결심했다.

싸아아! 싸아아!

신성의 기운이 그의 마음을 알아주듯 더욱 빠르고 격렬하게 들이닥쳤다.

스르르! 스르르!

청풍을 이롭게 해 주는 신성의 기운이 다시금 빠져나와 이한열에게로 돌아갔다.

'응? 강해졌네.'

이한열이 돌아온 신성의 변화를 알아차렸다.

신도를 이롭게 변화시킨 신성은 돌아오면서 질을 높이고 양도 늘어난다. 그렇기에 많은 신도들이 이한열을 따르게 되면 신성은 더욱 커지고 깊어진다.

다다익선!

신도의 수가 일만을 넘어서게 되면 이한열이 지닌 신성의 격이 달라진다. 지금까지가 미풍이었다면 강풍으로 탈바꿈한다.

신성의 격이 달라지면 신도들의 마음을 조절하고 감정을 교란시킬 수도 있다. 평범한 인간들이 견딜 수 없는 수준이다.

배교가 사교로 몰린 건 교리도 교리지만 교주의 신성도 원인이었다. 교주가 신도들의 마음을 조절하여 반란을 일으키게 된다면 나라에 커다란 재앙으로 작용한다.

휘이이! 휘이이!

후광처럼 떠오르는 신성이 밝게 빛나고 있었다. 그런데 사방으로 퍼져 나가고 있는 그 빛엔 어딘가 모르게 요사함이 넘실거렸다.

스팟! 스팟!

콰콰콰콰! 콰콰콰콰!

투투툭! 투투투툭!

신성이 정수리에서 발끝까지 치달렸다. 진기와는 다르게 온몸으로 마구 퍼져나가는 데 어떠한 길도 없었다. 그저 나아가는 곳이 모두 길이었다.

영통이 타통되고 있었다.

신성의 기운에 몸을 맡긴 이한열의 몸이 부드럽게 앞뒤로 흔들리고 있었다.

'진기도인하고 비슷하다. 하지만 황홀함은 비교가 되지 않아.'

그가 신성을 온몸으로 느끼면서 기분 좋은 미소를 지었다.

파앗!

마치 횃불이라도 켜진 것처럼 이한열의 눈이 신성의 기운으로 빛났다. 성스러운 기운이 눈에 어리자 세상이 다르게 보였다.

이한열이 지금까지 보던 시선이 평면이었다면 이제는 입체적으로 살필 수 있게 됐다.

"아! 신성안이다."

"말로만 듣던 신성안이 도래했다."

천도훈과 청풍은 이한열의 격이 높아졌음을 단번에 알아차렸다. 사실 보석처럼 반짝이는 눈을 보면서 인지하지 못하면 그것이 더 이상했다.

배교 신도들은 빛무리가 흐르고 있는 신성안을 보석안이라고 부르기도 하였다.

"정말 아름다운 눈이다."

"모든 부정함이 사라지는 느낌이네요."

두 사람이 이한열을 넋이 빠져라 바라보고 있었다.

스팟!

신성안의 아름다운 눈빛이 천도훈과 청풍을 꿰뚫고 지나갔다. 순간적으로 움찔거린 두 사람의 눈빛이 더욱 생생해졌다.

파앗! 팟!

신성안은 단순히 아름답기만 한 것이 아니다. 믿고 따른 자들에게는 보석처럼 아름답게 보이지만 저항하는 자들에게는 그대로 투명시가 되어서 꽂힌다. 높게 성장하게 되면 눈빛만으로 사람을 죽일 수도 있었다.

이한열은 전설적으로 내려오는 배교 초대의 교주들처럼 점점 변해 가고 있었다.

'신도들을 많이 품에 안아야겠구나.'

강해지고자 하는 이한열이 과거의 잘못을 제쳐 두고 배덕의 후예들까지 받아들이기로 마음먹었다. 교리를 떠나서 이득이 된다는 것이 중요했다.

第十章
용암 일족

용암 일족은 청풍을 봐서 알 듯 배덕을 참회하며 교주를 맞이할 준비를 해 왔다. 장구한 세월동안 비참하게 사는 걸 감수하였고, 족장을 비롯한 모든 일족들이 이한열의 방문을 열렬하게 환영했다.

이한열의 방문과 함께 백련교 용암 일족의 긴급 부족 회의 가 열렸다. 분지로 들어서는 사람들마다 고개를 갸웃거렸다.

"대체 무슨 일이지?"

"부족 회의는 원로와 족장 등 높으신 분들만 모이는 자리 잖아."

"조용히 해. 교주께서 주재하시는 회의이니까."

평소 부족 회의가 소수의 지도층만 모이는 자리였다면 지금은 갓난아이와 외부로 나간 사람들을 뺀 용암 일족의 모든 사람들이 모여들고 있었다. 갓난아이를 품에 안고 회의에 참석하는 여인들도 몇 명 보였다.

사람들은 이한열이 왜 부족 회의를 여는지 정확한 의도를 파악하지 못했다.

"우리를 버리시려고 하는 것일까?"

"배덕하였던 원죄를 벌하시려는 것일 수도 있어."

사람들이 동요하고 있었다.

배덕의 후예라는 사실은 꼬리표처럼 사람들을 따라붙고 있었다. 신성을 지닌 교주의 등장은 희망인 동시에 두려움이었다.

불안한 심정의 사람들이 이한열을 두려운 눈초리로만 바라볼 뿐이었다.

이한열이 굳게 다문 입술을 열자 그제야 모든 사람들의 궁금증이 풀렸다.

"차를 재배해 볼 생각이다. 사업에 대한 실무는 부족장이 맡아서 하면 돼."

이한열은 배교 후예들의 가난한 삶을 보면서 돈이 필요하다는 걸 느꼈다. 돈도 돈이지만 후예들이 할 수 있는 일자리도 있어야 했다.

"차를 재배한다고?"

"차 사업이 성공할 수 있을까?"

"경험이 하나도 없는데 어떻게 차를 재배해?"

사람들의 웅성거림이 서서히 번져 나갔다. 긍정적인 소리 없이 부정이 판을 치고 있었다. 사람들 사이에는 부정과 함께 패배 의식이 가득 넘쳤다.

"차 사업은 어렵습니다."

부족을 이끌고 있는 무원경이 조심스럽게 반대 의견을 이야기했다.

수뇌부를 비롯한 부족원들 모두 같은 생각을 하고 있었다. 모두가 한 마음으로 반대의 뜻을 표했지만 이한열의 얼굴에는 아무런 변화가 없었다.

"뭐가 어렵나?"

"차 재배에 대해서 아는 사람이 전무하고, 차를 재배하려면 상당한 돈이 필요한데 죄송하지만 부족에 투자금도 없습니다."

"알지 못한다면 배우면 되고, 투자금이 없으면 빌려오면 되는 일. 어렵게 생각하면 한도 끝도 없이 어렵고, 쉽게 생각하면 손바닥 뒤집는 것처럼 간단해. 해 보지도 않고 포기를 하는 건 잘못이야."

이한열이 무원경의 잘못된 생각을 단번에 박살 냈다.

"그렇지만…… 아무래도 어려워 보입니다."

"돈을 벌기 위해 하는 사업이지만 차로 당장에 돈을 버는 건 어렵지. 묘목을 심는다고 해도 성장할 때까지 기간이 걸리고, 차를 팔려면 거래처들도 만들어야 하니까. 하지만 성공하게 되면 용암 부족은 앞으로 돈 걱정은 하지 않고 살 수 있어. 그리고 차는 문화사업인 동시에 사람들의 실생활에 깊숙하게 파고들어 있어. 차 사업을 통해 사람들에게 사랑을 받을 수 있는 것이지. 돈도 벌고, 사랑도 받으니 일석이조인 셈이야."

이한열의 강한 말투에는 차 사업에 대한 강한 집념이 서려 있었다.

용암 일족의 모든 사람들이 반대한다고 해도 강제로 밀어붙일 준비가 되어 있었다.

"제가 감히 교주님의 혜안을 몰라보고 무턱대고 반대하였습니다. 죽여 주십시오."

무원경이 털썩 땅바닥에 무릎을 꿇었다.

청풍의 안내를 받아 일족을 이끌고 있던 무원경을 처음 봤을 때도 오체투지하면서 죽여 달라고 하더니 참으로 가벼운 무릎과 목이었다.

털썩! 털썩!

이내 이한열의 불편해하는 심중을 눈치 챈 사람들이 무원경을 따라 무릎 꿇었다.

"죽여 주십시오."

"죄송합니다."

사람들이 앞을 다퉈 가면서 용서를 구했다.

아이를 안고 있는 여인까지 땅바닥에 엎드리는 걸 서슴지 않았다.

"일어나."

"용서해 주시는 겁니까?"

"용서까지 갈 문제도 아닌데 원한다면 용서해 주지."

"감사드립니다."

죽다가 살아난 무원경이 이한열에게 고개를 숙였다.

"차를 재배하는 초기에는 살림이 어렵겠지?"

"그렇습니다."

이한열은 자기를 믿고 따르는 사람들이 돈 없이 궁핍하게 사는 걸 가만히 좌시하고 있을 맥 빠진 위인이 아니었다. 혼자서만 잘 먹고 잘 사는 것이 아닌 함께 행복한 인생을 누리자는 가치관을 가지고 있었기 때문이었다.

"차 재배를 하는 시기 동안 돈을 벌면 돼."

"혜안이 있으십니까?"

"목재가 돈이 돼."

이한열은 목재에 손을 댈 생각이었다.

중원의 산서 지방은 대체로 겨울이 길다. 특히 동쪽에는 태행산맥이 하늘을 가로지를 듯 거대한 병풍처럼 둘러싸고 있어서 여름이면 바람이 불 때마다 그 산록에 큰 비가 내렸다.

서북쪽에는 광활한 사막이 펼쳐져 있으며, 북방의 찬바람이 거칠게 휘몰아쳐 와 농사에 적합하지 못하였다. 그리하여 농사보다는 목재 사업이 유리하다고 간파했던 것이다.

이한열은 선천적으로 앞을 내다보는 뛰어난 안목과 능수능란함, 적당히 주제와 분수를 파악하는 재능을 겸비하고 있어서 상업적으로도 성공할 수밖에 없었다.

"함부로 벌목을 했다가는 큰일이 납니다. 일대의 나무들은 나라의 소유이거나 힘 있는 사람들의 사유재산입니다."

무원경이 기겁하여 만류했다.

목재가 돈이 된다는 사실을 무원경도 알고 있었지만 나무 한 그루도 함부로 벌목하지 못했다. 소유주가 있는 걸 잘못 건드렸다가는 크게 경을 칠 수가 있었다.

나라 소유의 나무를 벌목했다가 감옥에 잡혀 들어간 여염집 사람들이 즐비하였고, 개인소유 나무를 건드렸다가 사노예로 전락한 사람들도 많았다.

배교의 후예라는 사실을 숨기면서 살아가야 하는 무원경은 나라나 힘 있는 사람들과의 다툼을 피해야만 했다. 그래서 숲에서 살아가면서도 한 그루의 나무도 벌목하지 않았다.

용암 일족은 목재가 필요하면 시장에서 돈을 주고 사서 쓰고 있었다.

"알고 있어."

대명의 관리인 이한열은 중원 산천의 모든 것이 황제의 물건이라는 걸 잘 알았다. 그리고 그 물건들을 이용해서 돈을 버는 법에도 능숙했다.

"휴우! 다행입니다."

"나라에서 정식 벌채권을 받아 낼 테니 걱정하지 마."

"벌채권을 얻기란 하늘의 별따기처럼 어려운 일입니다. 그리고 이미 일대에 대한 벌채권은 힘 있는 집단이나 사람이 가지고 있습니다."

"벌채권에 대해서 걱정하지 마. 없다고 하면 뺏어서라도 가지고 올 거니까."

"그런 걱정이 아니라 힘 있는 자들과의 충돌을 우려하는 겁니다. 배교의 무공을 드러낼 수는 없는 노릇 아닙니까."

"아! 무슨 소리인 줄 알아. 하지만 충돌을 우려해야 하는 건 우리가 아니라 다른 곳이야. 충돌을 한다고 하면 오히려 쌍수를 들고 환영하면 돼. 승자로 모조리 빼앗아 오면 되니까."

"설마 싸우시려는 겁니까?"

"벌채권을 가지기 위해서는 소위 관에 기름을 쳐야만 해. 힘만 있다고 해서 가질 수 있는 것이 아니야. 조정의 높은 분과 연결된 끈이 있으면 벌채권을 가지는 건 손바닥 뒤집는 것처럼 쉬워."

"알고 계시는 분이 있습니까?"

"내가 쥐고 있는 끈은 최강이지."

이한열이 턱을 치켜세우면서 자랑했다.

현 조정에서 주수선보다 강한 힘을 발휘하는 존재는 없었다. 있다고 하면 황제인 주윤무 한 명 뿐인데, 정사를 팽개치고 주색에만 빠져 있으니 생각할 필요가 없었다.

호가호위!

이한열은 주수선의 권세를 빌려 위세를 떠는 데 있어 능숙한 선수였다.

그의 비열한 수작질에 걸려 패가망신한 사람이 한둘이 아니었다.

튼튼한 연줄이 있으니 벌채권을 따는 건 기정사실이었고, 벌채로 통해 벌이는 목재 사업도 탄탄대로일 수밖에 없었다.

"관에서 비호를 해 준다면 목재 사업은 쉽습니다."

무원경의 목소리에 힘이 실렸다.

능숙한 벌목꾼이라고 해도 벌목을 하기 위해서는 도끼로 상당히 여러 번 나무를 찍어야만 했다. 그렇지만 배교의 무공을 익힌 용암 일족은 도끼질 십여 차례 안에 나무를 벌목해 낼 수 있었다.

아름드리나무를 잘라 내도 내공을 사용해서 수월하게 옮기는 것이 가능했다. 내공을 쓰지 않는다고 해도 외가비망으로 수련한 육체에는 힘이 넘쳤다.

"벌채를 하려면 상당히 많은 인원이 필요해. 그 인원들을 모두 용암 일족으로 채워 넣어. 그러면서 벌목한 목재 운반과 매매에 손을 대면 돈을 긁어모을 수 있지."

"지당하신 말씀이십니다."

무원경의 얼굴이 환해졌다.

안 된다고만 여겼는데, 이한열의 말을 듣자 먹구름 가득하던 하늘이 순식간에 파랗게 개었다.

"투자금으로는 산과 숲을 사들여."

이한열은 용암 일족에게 직접 투자를 할 생각이었다.

그냥 빌려주는 것이 아니라 투자라는 것이 중요했다.

투자에는 배당금도 있고 이자도 있다. 용암 일족에서 나오는 이윤에서 한몫 챙기겠다는 심보였다. 앞으로 많은 돈을 벌어 풍족하게 살아갈 수 있게 된 용암 일족에게서 소정의 이윤을 챙기는 건 잘못된 일이 아니었다.

"알겠습니다."

"산에 묘목을 심어 가면서 생산까지 함께 도모하면 미래에는 벌채만으로도 항상 풍족하게 살아갈 수 있어."

이한열은 작은 구역의 벌채권만 얻을 생각이 눈곱만치도 없었다. 이왕에 얻는 벌채권 주수선에게 떼를 써서라도 상당히 큰 권역을 차지할 작정이었다. 벌채에서 나오는 금액은 곧 이한열의 이익과도 직결됐기에 힘을 쓰는 것이었다.

"맞습니다."

무원경의 눈빛이 점점 순박해졌다.

어디서 많이 본 눈빛이었는데…….

아!

천도훈의 눈빛과 비슷했다.

'절대적으로 믿고서 따라야 하는 분이다. 신성을 지니고 있다고 해서 따르기는 하지만 믿어야 하는지에 대해서는 반신반의했다. 그러나 백 번 죽어도 모자랄 오판이었다.'

배덕의 무리인 용암 일족을 품에 따뜻하게 안아 주는 걸로 모자라서 살림까지 챙겨 주다니, 무원경은 감격할 수밖에 없었다.

그러나 이한열은 단순히 용암 일족을 위해서 힘을 쓰는 것이 아니었다. 어디까지나 본을 위해서 최선을 다했다.

그가 말하지 않은 이면이 존재했다.

'대명이 멸망한다 해도 산천은 그대로다.'

대명이 사라질 수도 있는 조짐이 도처에서 보이고 있기에 장기적으로 미래를 대비하는 이한열의 포석이었다.

황실과 나라만이 바뀔 뿐 자연은 예나 지금이나 변함이 없다. 관직에서 쫓겨난다고 해도 산과 숲은 이한열의 이름으로 남아 있게 된다.

환경이 바뀌어도 이한열의 벌채권에 대한 투자는 여지없이 적중하여 대박을 터트릴 것이고, 재산이 늘어나게 됨은 확실했다. 그리고 산과 숲에 심을 묘목이 아름드리나무로 자라게 된다면 더욱 많은 재산이 생겨난다.

"차 재배에 대해서 어떻게 생각하나? 아직도 안 된다는 생각이 강한가?"

"해낼 수 있는 일입니다. 갖은 역경이 앞을 가로막는다고 해도 뚫고서 가겠습니다."

"당연히 그래야지."

이한열이 손때가 묻은 대여섯 권의 서적을 무원경에게 건넸다.

"이 책들은?"

"차 재배에 관련된 책들이라네. 읽어 보면서 공부하면 앞으로 큰 도움이 될 거야."

사업은 장난이 아니다.

미리 철저하게 연구하고 조사해도 실패할 수 있는 것이 바로 사업이다. 하지만 그런 노력이 실패의 확률을 낮춰 주고,

시행착오를 줄여 준다.

"필사하여 사람들과 함께 보겠습니다."

"좋은 생각이야."

이한열이 고개를 끄덕였다.

그가 손때가 묻을 정도로 서적들을 읽은 건 오랜만이었다. 그만큼 많은 신경을 기울였다는 반증이었다. 미처 알지 못하고 있던 부분도 많았다.

재배법과 차의 종류, 찻잎을 따는 시기 등 차에 관련된 많은 이야기들이 서적에 가득 넘쳐 났다. 녹차만 해도 종류가 셀 수 없이 많았고, 어떤 물을 넣느냐에 따라 맛이 달라졌으며, 물의 온도, 덖는 방법 등에 따라 차의 맛과 품질이 변화한다.

알면 알수록 심오해지는 것이 바로 차의 세계였다.

*　　　*　　　*

청풍은 날이 밝자 지게를 지고 산으로 올랐다.

아름드리나무들이 하늘을 꿰뚫을 듯 높이 솟구쳐 있는 산림에서는 아침부터 요란한 소리가 울렸다.

콰앙! 쾅!

콰앙! 쾅!

폭음들이 연신 울려 퍼지는 가운데 도끼들이 나무의 밑동을 내리쳤다.

"넘어간다."

한 사내가 도끼질 대여섯 번에 성인 남자 세 명이 모여 함께 두 팔을 벌려도 품에 안을 수 없는 나무를 넘어뜨렸다.

우두둑! 우두두둑!

쿠우우우우웅!

요란한 소리와 함께 아름드리나무가 땅에 쓰러졌다. 쓰러지면서 거치적거리는 작은 나무들도 함께 박살내 버렸다.

"장작으로 만들어서 시장에 내다 팔면 쌀과 고기를 사고, 비단까지 장만할 수 있어."

"우리 아들은 공부할 책을 사다 달라고 하더라고."

"마누라는 보석을 사 오라고 했어. 그렇게 하려면 수십 그루의 나무를 벌목해야 해."

이른 아침부터 벌목하고 있는 사람들은 저마다의 사연을 간직하고 있었다.

문화전대학사라는 신분과 주수선 군주마마의 총애를 받고 있다는 점을 내세운 이한열은 장담한 대로 벌채권을 곧바로 가지고 왔다.

벌채권을 담당하고 있는 관리가 이한열의 모든 편의를 봐주는 걸로도 모자라서 그동안 챙긴 뇌물까지 몽땅 건네줬다.

'수고해.'

이한열이 관리의 어깨를 툭툭 두드려 주는 걸 끝으로 뒤돌아섰다. 만약 관리가 벌채권을 내주는 데 꼬장꼬장했거나 기분 나쁘게 했다면 곧바로 부패를 문제로 삭탈관직을 해 버릴 작정이었다.

눈치 빠르게 그동안 모은 모든 뇌물을 바치면서 살아남았으니 관리 입장에서는 남는 장사였다. 탐욕 때문에 이한열에게 돈을 주지 않았다면 오히려 해를 입었을 것이다.

관리 입장에서 돈은 다시 모으면 되는 일이었다. 하지만 관직에서 쫓겨날 경우 재산 몰수와 함께 다시금 뇌물을 받아 재산을 모을 방법이 없었다.

부정부패를 일삼는 관리는 현명했고, 그런 관리를 이한열은 잘 알아보았다.

관리로부터 받아온 벌채권은 용암 일족의 찢어지게 가난한 살림에 커다란 보탬이 됐다. 벌목만 열심히 해도 잘 살 수 있는 기회가 만들어졌다.

용암 일족의 사내들이 너 나 할 것 없이 도끼를 들고 벌목을 하러 산으로 올랐다.

콰앙! 쾅!

청풍이 도끼로 나무를 찍었다.

퍼억! 퍽!

아름드리나무의 밑동이 퍽퍽 깎여 나갔다.

"누나! 이제 행복하게 살자."

청풍이 청연을 떠올리면서 행복해했다.

유곽에서 일하던 걸 때려치운 청연이 집에 돌아와 있었다. 비천한 곳에서 일을 하고 있던 일족 사람들이 모두 복귀하였다.

이한열의 방문과 함께 벌어지는 긍정적인 변화로 인해 용암 일족이 사는 마을에 웃음이 그치지 않았다.

＊　　　＊　　　＊

"차 재배에 대해 고민해 봤는가?"

용암 일족에게 희망의 등불이 된 이한열이 무원경과 다과 시간을 가지면서 물었다.

"책을 수차례에 걸쳐서 정독하고, 수뇌부를 비롯하여 관심을 기울이는 사람들과 대화를 나누고 있습니다. 하지만 제대로 알고 있는 사람이 없기에 어려움이 있습니다."

무원경은 무지를 통감할 수 있었다. 아는 바가 전무해서 책을 읽는 것 자체도 어려운 데다가 이해도 힘들었다.

"그렇다면 사람을 고용하는 것이 어떤가?"

"네?"

"뭘 그리 놀라는가? 모르는 부분이 있으면 전문가에게 배우면 되는 일이야. 선생님이 있고 없고는 하늘과 땅 차이네."

"아! 그런 방법이 있었군요."

무원경이 탄성을 터트렸다.

무원경이 갖고 있던 딱딱하게 굳은 사고의 틀이 깨졌다.

무원경이 무식해서 외부 전문가를 초빙하는 방안을 생각하지 못한 건 아니었다. 그동안 수장으로서 일족을 보호해야 한다는 생각이 너무 강해서 벌어진 일이었다.

용암 일족은 배교 후손이라는 걸 숨기기 위해 지금까지 모든 걸 부족 내부에서 해결해 왔다. 외부와 단절하고 그들만의 세상을 만들어 냈다.

그렇지만 배교의 교주가 새롭게 세상에 나온 이상 그럴 필요와 이유가 더 이상 없었다. 이제는 외부와 교류하면서 풍족한 삶을 누려도 됐다.

"차 재배 전문가들을 고용할 때 원예 전문가도 함께 섭외하게."

"원예 전문가까지 차 재배에 필요합니까?"

이해가 가지 않은 무원경이 고개를 갸웃거렸다.

원예 전문가가 식물인 차에 대해서 알고는 있겠지만 차 재배 전문가에 비해서는 부족했다.

"단순한 차 재배지를 만들 생각은 없어. 차 재배를 통해 인간과 자연이 하나로 어우러지는 원예 공간을 창조해 내려고 해. 이른바 자연과 인간, 그리고 문화가 살아서 함께 숨을 쉬는 공간인 것이지."

원예는 인간의 문화가 꽃을 피우는 예술적인 분야이다. 북경의 호화로운 저택이나 건축물들은 하나같이 높은 수준의 원예가 녹아들어 있었다. 형형색색의 꽃과 나무들이 건축물의 아름다움을 더욱 빛내 준다.

원예가 제대로 된 대지와 건축물을 방문하면 향긋한 냄새와 싱그러움에 취하게 된다. 자연과 함께하면서 즐거움을 누리고, 몸이 건강해진다.

북경에서의 시간을 보낼 때 이한열은 고도로 원예를 발전시킨 대저택을 방문할 때마다 깊은 감명을 받고는 했다. 자연의 아름다움을 그대로 가져다 놓은 대지 위에 대저택이 녹아들어 있었다.

대저택 자체가 하나의 예술 작품이었다.

이한열은 차 재배에 있어서 원대한 그림을 그리고 있었다.

"아! 정말 위대한 생각입니다."

"자연의 싱그러움이 살아서 숨을 쉬는 아름다운 대지 위에서 차를 재배하는 동시에 문화를 누릴 수 있다면 얼마나 행복할까? 나는 상상만 해도 즐겁다."

스스로 말하면서도 취한 이한열의 눈빛이 몽롱해졌다.

이한열은 차를 재배하는 용암 일족에는 약간의 지분만을 주고 차에 관련된 모든 것을 이씨 가문의 것으로 만들 작정이었다. 부모님과 앞으로 태어날 이한열의 후예들을 위한 재산이었다.

용정차는 작은 항아리 하나에 든 찻잎이 같은 무게의 황금보다 비쌌다. 비싼 값을 지불하고서라도 용정차를 구입하려는 호사가들이 넘쳐 나지만 소량만 생산되고 있는 용정차는 없어서 못 파는 형국이었다.

만약 용정차와 같은 차를 만들어 낼 수 있다면 엄청난 부를 거머쥘 수 있다.

이한열과 같은 생각을 하고 있는 사람들이 중원에 꽤 있었다. 차나무를 심어 대규모 차밭을 조성하는 시도가 지금도 중원 도처에서 일어나고 있다. 그러나 이런 시도는 대부분 실패하고 마는 것이 실정이었다. 막대한 자금을 쏟아 부었다가 패가망신한 자산가들이 한둘이 아니었다. 차를 재배하는 건 쉽지만 팔리는 상품으로 만들어서 파는 건 어려웠다.

실패 가능성이 높은 차 사업은 진입 장벽이 대단히 높은 분야였다.

"차 사업은 실패할 가능성이 높아."

이한열이 담담하게 말했다.

"알고 있습니다. 그래서 교주님께 이야기를 들었을 때 반대했던 겁니다."

무원경이 이한열의 눈치를 조심스럽게 살폈다. 그리고 편안한 표정과 다부진 입술에서 결코 차 사업에 대해서 포기하지 않을 옹고집을 발견했다.

"도전할 가치가 충분해. 그리고……."

"말씀하십시오."

"차 사업이 용암 일족과 교에 피해를 주게 할 수는 없어."

"괜찮습니다. 교를 위해서라면 저와 일족은 견마지로를 다할 수 있습니다."

"아니야. 그러면 내 마음이 편하지 않아. 그래서 하는 말인데, 차와 관련된 모든 것을 개인적인 내 사업으로 두고 싶어."

"안 됩니다. 그렇게 하면 교주님의 피해가 너무나도 커질 수 있습니다."

무원경이 두 손을 마구 흔들어 가면서 반대했다.

결코 이한열의 손해를 지켜보지 않겠다는 완고함이 있었다.

그러나 이어지는 말에 고개를 떨굴 수밖에 없었다.

"명령이니 따라 줬으면 좋겠어."

"큭! 알겠습니다."

"너무 그러지 말게. 자네들은 사업이 성공할 수 있도록 도와주면 되잖은가!"

"기필코 성공시키겠습니다."

무원경이 두 주먹을 불끈 쥐면서 각오를 다졌다.

'됐다. 이제 용암 일족은 죽어라고 노력해서 차 사업을 성공시킬 거다.'

이한열이 속으로 회심의 미소를 지었다.

그는 절대적으로 교주를 따르는 신도들을 이용해서 가문과 후대들을 위한 사업을 완성시키려고 했다.

탐욕을 가진 수장이 권좌에 오르게 되면 어떻게 되는지 잘 보여 주는 일례였다. 만약 이한열의 속내가 신도들에게 밝혀지게 된다면 제이의 배덕의 무리들이 잔뜩 탄생하게 될지도 몰랐다. 그만큼 충격적인 일인 것이다.

하지만 이한열이 멋들어지게 포장을 해 놓았기에 밝혀질 일은 없었다.

'최소한 처음 십 년 동안은 손해를 감수해야만 하는 사업이다.'

이한열은 차 사업을 장기적으로 보고 있었다.

체계적으로 진행된다고 해도 십 년 동안은 차 사업을 진행하는 데 있어 막대한 적자의 발생이 불가피했다. 이한열은 그 피해를 모조리 떠안을 작정이었다. 이런 부분을 신도들에게 보여 주면 어느 누구도 이한열을 욕할 수 없었다.

포장하는 데 있어 이한열은 놀라운 수완을 발휘했다. 엄청나게 달콤한 보약을 섭취하는 것인데 밖으로는 독약을 먹는 것처럼 포장했다.

$$* \qquad * \qquad *$$

허름한 옷차림에 새카맣게 그을린 사내가 땅을 살피는 중이었다.

"킁! 킁!"

그가 땅에 코를 대고 냄새를 맡아 보았다.

슥!

흙을 조금 떠서 손가락으로 문질러 보기까지 했다.

"무엇을 하고 있는 건가?"

"흙을 알아보고 있습니다."

사내가 땅바닥에 대고 있는 얼굴을 떼지 않은 채 대답했다.

그는 장경이라는 사내로, 외부에서 섭외된 차 재배 전문가였다. 이십 년 동안 차를 재배해 온 경험이 있는 자로 차에 대해 남다른 관심과 열정을 가지고 있었다. 다향차방에서 일하던 직원이었는데 이한열이 열 배의 보수를 주겠다고 약속하며 데려왔다.

"차를 재배하기에 좋은 땅인가?"

"땅은 나쁘지 않습니다. 재배하기에 유리한 차나무도 있고, 그렇지 않은 차나무도 있습니다. 그리고 정확한 것은 심어 봐야 알 수 있습니다."

재배지와 적합한 차의 품종을 찾아내야 하고, 그걸 재배하기 위한 사람들의 노력도 필요했다. 차는 심어 놓는다고 해서 저절로 자라 좋은 상품이 되는 것이 아니었다. 차를 상품으로 만들기 위해서는 사람들의 손길이 많이 필요했다.

슥!

장경이 손에 문질렀던 흙을 입으로 가져갔다.

"쩝! 쩝! 쌉쌀하네. 맛도 괜찮아."

그가 소리 내어 가면서 흙의 맛을 음미했다.

"고온다습한 기후와 적절한 강수량, 물이 잘 빠져야 하는 땅에서 차나무가 잘 자란다고 알았는데, 흙 맛이 쌉쌀해야 하는 줄은 미처 몰랐군."

"차나무는 까다로운 재배 환경이 필요합니다. 토양에 적합한 차나무를 심지 않으면 시간이 지난 뒤에 뽑아내야만 하지요. 그래서 차를 재배하기 위해서는 부지 선정이 가장 중요합니다."

"흙 맛을 몰라서 실수할 뻔 했군."

이한열은 용암 일족이 거주하는 일대가 차 재배에 최적의 장소라고 생각했다. 그래서 차 사업을 강하게 밀어붙였다.

그런데 생각지도 못한 변수로 인해 차 사업이 초반부터 흔들릴 뻔 했다. 흙의 질이 차 재배에 적합해서 천만다행이었다.

"차 재배에 대해서 잘 알고 계시는군요."

"모두 죽은 지식이라네. 책을 통해 익히다 보니 차를 정열적으로 사랑하는 자네처럼 살아 있는 지식이 아니야."

장경은 이한열의 이야기에 상쾌한 감동을 느꼈다. 고집스럽게 차나무와 씨름하며 살아 온 세월이 벌써 이십 년 이었다. 지금도 차나무를 직접 접하다 보면 뜨거운 감동이 치밀어 오를 때가 있다.

그렇지만 다른 사람들은 이런 그의 열정을 인정해 주지 않았다. 오랜 세월 근무했던 다향차방에서의 적은 임금만 봐도 알 수 있는 일이었다.

이한열이 가격을 깎지 않는 것이 몇 가지 있었는데, 그 가운데 대표적인 것이 바로 책과 전문적인 기술에 관련된 것들이었다.

중원에서는 장인들을 천대하는 경향이 있었다. 그래서 높은 수준의 장인 기술을 가지고 있어도 제대로 된 대우를 해 주지 않았다. 적은 금액을 지불해도 충분하다고 여기는 풍토였다.

부리는 입장에서는 좋을지 몰라도 당하는 입장에서는 피눈물이 난다.

이한열은 관리로 있을 때도 장인을 우대했다.

장인들의 기술과 경륜을 인정해 왔고, 그에 대한 보답을 톡톡히 받아 왔다. 선비가 자신을 알아 주는 주군을 위해 목숨을 걸 듯, 장인들도 마찬가지였다.

"십만 그루의 차나무를 심게 되면 금 열 관의 성과급을 주겠네."

이한열이 성과급도 약속했다.

금 한 관이면 장경이 평생 벌은 돈보다 훨씬 많은 거액이었다. 일반인은 결코 손에 쥘 수 없는 금액이 금 한 관인데 그 열배를 주겠다니?

이한열의 배포가 무척 놀라웠다.

하지만 그건 일반인에게나 놀라울 뿐 이한열의 축적한 재산에서 금 열 관은 개미처럼 작은 수준이었다. 물론 그렇다고 해서 금 열 관을 주는 것이 쉽다고 볼 수만도 없었다.

부자들 가운데에는 노랭이들도 많았고, 차 재배 전문가 장경에게 금 한 관을 준 사람은 지금까지 한 명도 존재하지 않았다.

돈이라면 귀신도 부르는 법!

"헉! 감사합니다."

장경이 고개를 땅에 닿도록 숙였다.

처녀 시절에는 아름다운 심성을 지닌 선녀였지만 중년인이
된 조강지처는 돈 문제에 있어서는 나찰 그 자체였다. 어제
선불로 다향차방에서 받은 금액의 열 배가 되는 보수를 건네
주자, 나찰은 다시금 선녀가 되었다. 밤새 뜨거운 운우지락
을 나눴고, 도끼자루 썩는 줄 모르는 황홀한 시간을 보냈다.

토끼처럼 귀여운 세 명의 아들딸도 새로운 직장에 첫 출근
하는 장경을 문 앞까지 나와서 배웅했다. 하루아침에 아내와
자식들에게 존경받는 남편과 아버지가 됐다.

집에 황금 열 관을 가져간다면?

장경은 집에서 황제처럼 군림할 수가 있게 된다.

'기다려, 여보, 애들아! 황금 열 관을 가지고 돌아갈게.'

모든 걸 떠나 황금을 보고 좋아할 부인과 자식들을 생각
하니 절로 마음이 흐뭇해졌다. 동시에 차 재배를 꼭 성공하
고야 말겠다는 각오를 다졌다.

"자네의 능력과 기술을 믿겠네."

거한 성과금을 약속한 이한열이 신뢰의 눈빛을 보냈다.

"믿어 주셔서 감사합니다. 결과로 보여 드리겠습니다."

장경이 두 주먹을 불끈 쥐었다.

그는 일대에서 어느 지역이 차 재배에 있어 최상인지 미친
듯이 돌아다닐 작정이었다. 성과금을 약속받기 전까지는 열

심히 하겠다는 정도였지 미친 듯이는 아니었다. 조금이라도 빨리 차나무 십만 그루를 식수할 수 있도록 안달했다.

장경의 노력과 열정은 이한열의 차 사업에 있어 무척 중요했다. 그래서 장경에게 극진한 대접은 물론 많은 보수와 성과금을 제공하였다.

현장 답사를 통한 장경의 구슬땀이 천혜의 땅을 찾아낼 수 있었고, 열정적인 지도가 용암 일족의 미숙한 차 재배 기술을 성숙시켰다.

여러 가지 장치를 만들어 놓은 이한열은 이미 투자를 위한 준비가 다 끝나 있었다. 막대한 투자금이 차 재배를 할 수 있도록 전장에 비치되어서 때만 기다리고 있었다.

'비록 시작은 미약하더라도 종국에는 창대해지리라! 그리고 내가 창대해지도록 만들 것이다.'

이한열이 농부의 심정으로 미래의 씨앗을 심고 있었다.

第十一章

개간

  이한열은 이십만 평이 넘어 갈 만큼 넓은 임야를 사들였다.
엄청나게 광대한 땅덩어리였지만 가격은 사실 그리 높지 않
았다. 억척스럽기로 유명한 화전민들조차 포기한 잡종지였기
때문이었다.

  잡종지는 흙이 전부 사라져서 농사를 지을 수 없거나 애초
에 암석으로 이루어져 잡초도 자랄 수 없어 방치된 곳을 이른
다.

  사람의 관리를 제대로 받지 못하고 오랜 세월 방치된 땅에
는 돌과 자갈이 덮여 있고, 가시덤불 따위가 군데군데 나 있
었다.

아무 쓸모없는 황무지였다.

땅값은 저렴한 편이었지만 규모가 워낙 방대하도 보니 이한열로서도 막대한 돈을 지불해야만 했다. 땅을 판 사람들은 이한열에게 돈을 받으면서 희희낙락하였다.

'천하의 쓸모없는 황무지를 돈 주고 사다니 천하의 멍청한 놈!'

'사 줘서 너무 고맙다.'

어느 한 명 거절하지 않고 땅주인들은 너 나 할 것 없이 모두 황무지를 팔았다. 소문이 나자 알아서 땅주인들이 찾아올 지경이었다.

이한열은 팔려고 찾아오는 사람들의 땅을 모두 매입하였다. 그렇게 해서 모두 이십만 평이 넘는 광대한 땅덩어리의 토지 문서를 가지게 됐다.

'한 치 앞도 보지 못하는 어리석을 자들이여! 미래에 땅을 치고 후회할 사람은 땅을 판 너희들이다.'

이한열은 기쁜 마음으로 땅값을 지불하였다.

미래에 엄청난 가치를 가지는 땅을 헐값에 사들였으니 기쁠 수밖에 없었다.

우여곡절 끝에 땅 매입이 완료됐다.

푹!

이한열이 개간의 첫 삽을 떴다.

"시작하자."

"황무지를 개간하자."

"와아! 황무지를 차를 재배할 수 있는 옥토로 바꾸자."

무원경을 비롯한 용암 일족의 사람들이 일제히 삽과 곡괭이를 휘둘렀다.

푹! 푸욱!

팍! 파악!

삽과 곡괭이들이 땅에 푹푹 수월하게 박혀 들었다.

일반인들에게 자갈과 돌덩어리가 잔뜩 섞여 있는 땅의 개간은 전쟁이나 마찬가지였다. 하지만 내공을 사용할 수 있는 용암 일족에게 개간은 상대적으로 어렵지 않은 일이었다. 그러나 광범위한 땅의 규모가 문제였다.

무위가 출중한 고수들이 많은 용암 일족이라고 해도 이십만 평이 넘는 땅을 개간하려면 엄청난 시간이 요구됐다.

"넓은 황무지의 돌을 걷어 내고 땅을 평탄하게 고르는 작업을 해야 합니다. 그래야 차나무를 재배하는 데 있어 수월하고, 차후 찻잎을 따기도 좋습니다."

장경이 개간 작업을 지도하고 있었다.

후우웅! 후우웅!

내공을 일으킨 이한열이 본격적으로 삽을 움직였다.

퍼퍼퍼퍽! 퍼퍼퍼퍽!

돌을 고르고 자시고 할 필요도 없이 자갈과 돌덩어리들이 그대로 먼지가 되어 흩어졌다. 바위덩어리도 삽에 부딪치기 전에 사라졌다.

참으로 엄청난 삽질이었다.

무공이 절대적인 경지에 다다른 이의 삽질은 평범한 삽질과는 격이 달랐다.

이한열의 삽질 한 방에 십여 장 넓이의 땅덩어리가 개간됐다. 십여 번의 삽질이 이어지자 백여 평의 쓸모없던 황무지가 옥토로 바뀌었다.

"허억!"

흙먼지가 자욱하게 피어나는 현장에서 장경의 입이 찢어질 듯이 벌어졌다. 흙먼지가 입 안으로 잔뜩 들어오고 있는데도 불구하고 너무나도 놀라서 입을 다물지 못했다.

"진사님께서 내공을 사용하신다. 우리도 따라서 힘을 내자."

외부인이 있어 이한열을 교주라 칭하지 않은 무원경이 사람들을 독려하면서 단전의 내공을 강하게 자극시켰다. 단전에서 일어나 도도하게 혈도를 타고 흐르는 진기를 곡괭이에 밀어 넣었다.

우우웅! 우우웅!

곡괭이에서 용음이 일어났다.

파아앗!

쭈욱!

밝은 빛을 토해 내는 곡괭이에서 우윳빛 강기가 쭈욱 솟구쳐 올랐다. 가공할 힘을 담고 있으면서 밤하늘의 별처럼 영롱하게 빛났다. 진기가 극도로 압축되어 있어서 금방이라도 터질 것처럼 보였다.

"가라!"

무원경이 일갈과 함께 곡괭이를 아래로 내리그었다.

콰콰콰콰! 콰콰콰콰!

우윳빛 강기가 작렬하자 땅거죽이 그대로 뒤집혔다. 강기의 힘이 미치는 공간에 있던 가시덤불과 자갈 등이 그대로 박살났다.

"너무 강한 힘을 써서는 안 돼! 가시덤불과 자갈들이 흙과 함께 어우러질 정도의 적절한 힘을 사용해야 해."

무원경의 무지막지한 일격을 본 이한열이 조언했다.

황무지를 그냥 송두리째 갈아엎는 건 의미가 없었다. 차 재배에 최고가 되도록 흙의 토질을 신경 써 가며 개간해야 하는 것이다.

"장경! 넋 놓고 있지 말고 제대로 개간이 되는지 사람들에게 알려 줘."

"……."

장경은 여전히 보고 있는 광경이 제대로 된 것인지 믿지 못하겠다는 듯 멍한 시선을 하고 있었다.

"장경!"

"……네."

"힘만 강하게 쓴다고 해서 개간에 도움이 되는 것이 아니니까, 사람들의 작업을 지켜보면서 조언을 해 줘."

"알겠습니다."

정신을 차린 장경이 부지런히 돌아다니면서 사람들에게 조언하기 시작했다.

"여기는 자갈이 곱게 갈려 있는데, 저쪽은 박살난 자갈 크기가 너무 큽니다. 돌을 걷어내는 데 있어 조금 더 신경 써 주셨으면 좋겠습니다."

힘없는 노인으로 생각하고 편하게 대한 무원경이 엄청난 강호의 고수라는 사실을 알게 된 장경이 무원경의 눈치를 살피며 극도로 조심했다.

'저 곡괭이가 나를 향한다면?'

순간적으로 장경이 몸을 부르르 떨었다.

단단한 돌덩어리도 곡괭이 앞에서 먼지가 되어 부스러지는데, 연약한 장경의 몸뚱이가 견뎌 낼 재간은 어디에도 없었다.

"무식하게 힘만 사용해서 미안하네. 이렇게 하면 되는가?"

머리를 벅벅 긁던 무원경이 최대의 적당한 힘을 사용해서 자갈을 비롯한 모든 장애물을 곱게 갈았다.

슥!

장경이 손으로 새롭게 개간된 땅의 재질을 살폈다.

"좋습니다. 아주 양질의 땅입니다."

"그냥 양질이어서는 곤란하네. 최고여야 해. 최고인가?"

무원경이 부족한 부분이 있는지를 물었다. 제발 부족한 점을 지적해 달라고 바짓가랑이라도 붙잡고 물어볼 기세였다.

신도들을 위해 지금 눈앞에서 미친 듯이 일하는 이한열을 두고서 대충 일할 수는 없는 노릇이었다. 무원경을 비롯한 일족의 모든 사람들이 최선을 다해야겠다고 마음먹었다.

"곱다고 해서 차를 재배하는 데 있어 마냥 좋기만 한 건 아닙니다. 지금보다 약간 더 크게 만드는 편이 좋습니다. 그리고 땅속 깊이 있는 영양분 넘치는 흙들을 건조한 지표면의 흙과 바꿔 주는 것도 좋습니다."

"알았네."

마치 생사대적이 바로 코앞에 있는 것처럼 무원경이 심혈을 기울이며 곡괭이를 휘둘렀다.

콰앙!

폭음과 함께 흙덩어리가 하늘 높이 솟구쳤다가 떨어졌다. 일장 아래에 있는 흙들이 지표면 위로 올라왔고, 푸석푸석한 흙들이 땅 속 깊이 묻혔다.

"최고입니다. 이보다 더 좋을 수는 없습니다."

개간된 흙을 살펴보던 장경의 얼굴에 만족스런 웃음이 피어올랐다.

씨익!

무원경이 잔뜩 흙을 뒤집어 쓴 채 차나무를 재배하는 데 최고의 땅이 된 것에 대한 진한 만족감을 드러냈다.

"이번에는 저를 살펴 주세요."

"아닙니다. 저부터 알려 주세요."

"몸이 근질거려 죽겠습니다. 저는 이미 최고의 땅을 만들 준비가 되어 있습니다. 부족한 점이 있다면 바로 말씀해 주시면 됩니다. 곧바로 시정하겠습니다."

젊은 사람들이 앞을 다퉈 장경에게 가르침을 청했다.

"이 놈들아! 찬물도 위아래가 있다. 노부가 먼저야."

"아직 무덤에 들어갈 날도 많이 남아 있는 놈이 어디서 나이를 따지고 있어. 저쪽으로 가 있어라. 최고령인 내가 먼저 배워야겠다."

허리가 꼬부라진 할아버지가 다른 사람들을 모두 제치고 장경의 다음 가르침을 받았다.

용암 일족 사람들은 힘들고 어려운 개간 일을 하지 못 해서 미친 것처럼 보였다. 그도 그럴 것이 이한열이 오고 난 뒤 일족의 삶은 완전히 뒤바뀌었다.

우울하고 암울하던 집에서 아이들 웃음소리가 끊이지 않았고, 궁핍하던 살림집에서는 식사 시간만 되면 밥 짓는 연기가 하늘 높이 올랐다.

삶의 질이 나아지게 만들어 준 교주 이한열을 바라보는 신도들의 눈에 콩깍지가 씌워질 수밖에 없었다.

쾅! 후우욱!

콰앙! 휘익!

파파팍! 후두두둑!

퍼퍼퍽! 푸더더덕!

사방에서 요란한 소리가 울렸고, 흙더미가 높이 솟구쳤다가 떨어져 내렸다. 용암 일족의 출중한 무위가 개간에 사용되었다.

개간과 함께 굴곡이 있던 산의 평지화 작업이 계단식으로 이뤄졌다. 층층이 이뤄진 산 임야의 모습이 무척이나 정갈해 보였다.

개간이 어려운 건 시간이 필요했기 때문이었다.

땅을 뒤집어엎은 뒤에는 굳는 과정이 필수적으로 있어야 하는데 이 때 폭우가 오면 말짱 도루묵이 되어 버린다. 그런데 땅을 뒤집고 굳기까지의 시간과 과정이 개간과 함께 동시에 끝나 버렸다.

이한열을 비롯한 용암 일족의 사람들이 내공을 허공에 넓게 퍼트려서 마치 망치처럼 땅을 두들겨 댔기 때문이었다.

쿵! 쿵!

쿠웅! 쿵!

번개 같은 속도로 개간이 진행되어 갔다.

보통의 개간에서는 사람들이 일일이 손으로 돌을 주워 냈다. 수십 수백 명이 달라붙어도 돌은 좀처럼 줄어들지 않는다.

만약 돌들을 하나씩 주워서 가져다 버려야 한다면 엄청난 시간이 든다. 그런데 지금 이한열과 사람들이 아예 돌을 분쇄하고 있었다.

시간 낭비 없는 최고 효율의 개간 작업이 바로 지금 펼쳐지고 있었다. 개간과 함께 황량한 황무지가 차를 재배할 수 있는 옥토로 다시금 태어나고 있었다.

"헐! 족히 두 달은 걸릴 거라고 예상했는데, 고작 반나절도 걸리지 않았다. 이건 기적이야."

장경은 천 그루의 차나무를 심을 공간을 우선적으로 개간할 계획이었다. 그런데 놀라울 정도로 개간하는 사람들을 보니 만 그루를 넘어 십만 그루 식수도 오랜 시간이 걸리지 않을 것 같았다.

'여보! 곧 황금 열 관 가지고 돌아갈게.'

장경은 벌써 집에서 기다리고 있는 아내에게 황금 열 관을 가지고 가는 걸 상상했다.

개간이 모두 되었는데 식수를 할 차나무가 준비되어 있지 않았다.

이렇게 빨리 개간이 될 줄 장경이 미처 예상하지 못했기 때문이었다.

"바로 차나무를 사 와야겠습니다. 가장 좋은 차나무를 가지고 바로 오겠습니다."

흙으로 뒤덮여서 시커멓게 되어 버렸지만 장경의 두 눈이 어느 때보다 더 반짝거렸다.

똑같아 보이지만 말들에도 좋은 말이 있듯이 차나무들도 마찬가지였다. 좋은 차나무를 골라야 병충해를 입지 않고 좋은 찻잎을 생산했다.

차나무를 사랑하고, 오랜 세월 경험이 있는 장경이었다. 좋은 차나무는 보기만 하면 곧바로 알 수가 있었다.

사실 차나무를 재배하는 데에는 두 가지 방법이 있었다.

하나는 씨앗으로 심는 것이고, 다른 하나는 묘목으로 식수하는 것이다. 전자와 후자 모두 장단점을 가지고 있다.

씨앗으로 심는 경우 병충해에는 강하지만 찻잎을 생산하기까지 더욱 많은 시간이 걸렸다. 묘목으로 심을 경우 병충해를 입을 위험은 더욱 높지만 찻잎 생산에 걸리는 기간이 짧아지는 장점이 있다.

위험을 감수하더라도 묘목을 섬세하게 관리하면 보다 빨리 차 재배에 성공할 수 있다.

장경은 이한열에게 묘목 식수가 좋겠다고 건의하였고, 이한열은 이견을 보이지 않고 단번에 장경의 의견을 받아들였다.

차나무 묘목의 식수는 차 사업의 성패를 가늠한다고 해도 과언이 아니다. 묘목이 건강하게 자라면 차 재배의 성공이 절반 이상 성공했다고 평가할 수 있다.

이한열을 차 사업의 중대한 결정을 쉽게 내렸다.

많은 돈을 주고 초빙한 장경을 믿지 못하면 누굴 믿겠는가?

이한열은 고용한 장경에게 전폭적인 권한을 부여해 주고 있었다.

'실패하게 되면 그건 장경의 잘못이 아니다. 어디까지나 사람을 제대로 보지 못한 나의 실수이다.'

혹시 모를 실패가 찾아온다고 해도 그가 실패의 원인을 밖에서 찾지 않고 스스로에게서 구했다. 막대한 투자금을 날린다 해도 그 속에서 배울 바를 얻으려고 노력하였다.

지금까지 그는 능력 있는 사람을 최고로 활용하여 항상 좋은 결과만을 이끌어 왔다. 그렇지만 사람이 항상 성공만

할 수는 없는 노릇이기에 언젠가는 실패의 순간이 다가오게 된다.

그런 날을 이한열은 겸허히 받아들일 준비가 되어 있었다.

"그렇게 하게. 갈 때 사람들을 붙여 주겠네. 차나무를 가지고 오는 데 도움이 될 거야. 가는 김에 차나무를 찔끔 사오지 말고 십만 그루 사오게."

이한열이 품에서 차나무 십만 그루를 사 오고도 남을 전표를 꺼내 장경에게 건넸다.

"감사합니다."

엄청난 금액이 적혀 있는 전표를 장경이 떨리는 손으로 받아 들었다. 그렇지만 언감생심 별다른 물욕이 생기지는 않았다.

자신의 물건이 아니면 욕심내지 않는 착한 장경이었다. 믿고 일을 맡긴 이한열을 배신할 마음은 눈곱만치도 없었다.

만족할 줄 아는 장경에게는 황금 열 관만으로도 엄청난 거액이었다.

그리고 만약에 장경이 탐욕을 부려 전표를 가지고 도망치려고 했다가는 함께 따라가는 용암 일족의 신도들에게 붙잡힌다.

이한열은 장경을 믿는 한편으로 문제가 생길 시 처리할 수 있는 수단을 마련해 뒀다.

"다녀오겠습니다."

장경이 잰걸음으로 산을 내려갔다.

그 뒤를 따라 십여 명의 용암 일족 무인들이 뒤따랐다.

"장경 님, 더 빨리 가는 방법이 있습니다만……."

흙으로 범벅이 된 사내가 장경에게 말을 걸었다.

"지름길이 있습니까?"

"시장까지 빠른 시간에 도착할 수 있는 비법이 저희들에게 있습니다."

"부탁드리겠습니다."

"그럼 잠시 실례합니다."

사내가 장경의 허리에 팔을 둘렀다.

"어? 뭐 하시는 겁니까?"

"갑니다."

진기로 몸을 가볍게 한 사내가 장경을 옆구리에 끼고서 내달리기 시작했다.

탁!

휘익!

사내가 땅을 박차고 한 마리 새처럼 산을 내려갔다.

파라락! 파라락!

옷자락과 머리카락이 미친 듯이 흔들렸고, 산바람이 싸늘하게 장경의 몸에 파고들었다.

"으아아악!"

빠르게 휙휙 지나가는 경관에 장경이 비명을 질렀다.

머리털 나고 처음으로 고절한 경신술을 경험하고 있다 보니 눈앞이 핑핑 돌았다.

그때였다.

스으의 스으의

장경의 몸 안으로 청량하면서도 따뜻한 진기가 들어왔다.

"이건⋯⋯."

"죄송합니다. 급한 마음에 제가 너무 서둘렀군요."

사내가 장경에게 진기를 투사하면서 말했다.

조금이라도 빨리 식수하고 싶은 마음에 장경에 대한 주의가 부족했다. 차 재배에 있어서 귀중한 인재를 허술하게 대한 점을 즉각 사과했다.

"저도 빨리 가고 싶어서 동의했으니 괜찮습니다."

장경도 마음이 급한 건 같았다.

진기를 받은 덕분에 어지럽던 시야가 차츰 정리되면서 선명하게 보이기 시작했다.

"이야! 사람이 새처럼 날아갈 수 있다니 정말로 대단합니다. 새처럼 바람을 가르며 나아간다는 것이 바로 이런 느낌이군요."

장경의 입에서 환호성이 튀어나왔다.

"더 빨리 갈까요?"

"그렇게 하세요."

휘이익!

사내가 쏘아진 화살처럼 나아갔다.

그 뒤를 일족의 사람들이 따랐다.

잠시 삽질을 멈춘 이한열이 제자리에 서서 하늘을 검게 물들 정도로 흙먼지를 피워 내고 있는 대지를 바라보았다.

휘이잉! 휘이잉!

바람이 불어와 메마르고 거친 황무지의 고운 흙먼지를 하늘 높이 떠오르게 만들었다. 확실히 을씨년스러운 풍경이었다.

하지만 이한열의 눈에는 계단식으로 개간된 황무지가 보석처럼 아름다웠다.

콰앙! 쾅!

후두둑! 후두두둑!

무원경을 비롯한 사람들은 여전히 작업에 열심이었다.

농부가 한 톨 한 톨의 씨앗을 뿌리듯 사람들은 하나의 돌멩이도 남기지 않고 모조리 적당한 크기로 분쇄하였다. 그 과정이 무척이나 빠르고 조직적이었다.

"어이차! 어이차!"

"힘을 내자. 힘을 내!"

"삽질과 곡괭이질을 통한 오늘의 땀방울이 교를 위하고 교주님을 받드는 길이다."

그들이 바둑판의 줄처럼 딱딱 늘어서서 균일한 속도로 나아갈 때마다 황무지는 차를 재배하기에 최적의 땅으로 개간됐다.

흙먼지를 뒤집어쓴 이한열의 눈빛이 매우 강렬했다.

"좋구나."

자신을 위하는 사람들을 보면서 이한열이 뭉클해졌다.

흙투성이가 되어 구슬땀을 흘리는 사람들의 진심이 이한열에게 전달됐다.

'괜히 찔리네.'

미친 듯이 일하는 사람들을 보면서 이한열의 양심이 꿈틀거렸다.

'좋은 일이 생기면 용암 일족에게도 일정 부분 줘야겠어.'

이한열은 차에 관련된 이익에 있어 용암 일족을 일정 부분 챙겨 주기로 마음먹었다. 솔직히 양심에 찔리기는 했지만 여전히 자신에게 더욱 관대했다. 그렇기에 많은 걸 줄 생각은 처음부터 없었다.

마음에 약간 거리낌이 생겼다는 것이지 솔직히 이기심을 포기할 정도는 아니었다. 이기심이 없다면 진정한 이한열이 아닐지도 몰랐다. 자신을 사랑하는 이기심이 가면 갈수록 더

굳건해지는 중이었다.

　사랑하는 이기심과 함께 신성이 더욱 강해지고 있으니 참
으로 재미있었다.

第十二章

우화등선

　휘이잉! 휘이잉!

　때마침 거센 바람이 불어와서 눈을 제대로 뜨기 힘들 정도
로 흙먼지가 휘몰아쳤다.

　"즐겁구나. 즐거워."

　이한열은 가벼운 마음에 허공으로 붕붕 뜨는 상쾌함을 만
끽하고 있었다. 몸이 흙으로 뒤덮여도 마음이 너무나도 경쾌
했다.

　스르르! 스르르!

　마음이 일어나면서 발이 땅에서 떨어지기 시작했다. 육체
가 깃털처럼 가볍다 못해 공기보다 가볍게 변해 버렸다.

부공삼매!

운기 중이 아니고 평상시인데도 불구하고 허공으로 떠오르는 이적이 벌어졌다. 이적은 더 큰 이적을 부르는 법이다.

"와아! 교주님을 봐!"

"마치 능공허도를 펼치시는 것 같아."

"무식한 놈! 저건 무공이 아니야."

"그러면 뭔데?"

"잘 느껴봐. 교주님께서 진기를 사용하고 있어?"

"아니네."

"무공과는 격이 다른 신성의 깨달음이야."

"아! 그렇구나."

이한열의 이적은 사람들에게 커다란 영향을 즉각적으로 주고도 남았다. 그리하여 사람들이 개간을 멈추고 존경의 시선과 의념을 마구 보냈다.

신도들이 믿어야 교주의 힘이 더욱 평안해지고 커지는 법이다.

파아앗! 파아앗!

하늘로 점점 더 올라가는 이한열의 전신에서 휘광이 일어났다. 십여 장 높이에 올라서자 상승이 멈췄지만 휘광은 점점 강렬해졌다. 청량하면서도 참으로 신비로운 휘광이었다.

'오!'

높은 곳에 올라 아래를 내려다보는 이한열의 뇌리에 배교의 모든 것이 흘러 들어왔다. 자각하고 있는 무공이나 주술의 술법은 더욱 깊이 있게 깨우칠 수 있었고, 미처 몰랐던 천인혈골과 혈혼피의 사용법까지 알게 됐다.

'기존에 알고 있던 배교의 가르침들이 전부가 아니었구나.'

배교의 공부는 지나칠 만큼 심오하면서 광대했다.

제대로 배우기 위해서는 뛰어난 오성과 함께 천운 그리고 엄청난 시간과 노력이 필요했다. 미친 듯이 노력해도 배교의 공부는 진실로 완벽한 모습을 쉽게 보여 주지 않았다.

'아무리 숨겨 놓으려고 해 봐라. 진실된 마지막을 꼭 찾아내고야 말겠다.'

이한열이 배교의 공부 못지않게 광대한 탐욕을 가지고 있었다. 있다는 걸 알게 됐기에 지독할 정도의 욕심을 가진 채수단과 방법을 가리지 않고 달려들 작정이었다.

'어차피 한 번에 제대로 얻은 적은 없어. 부딪쳐서 깨지고 박살 나도 지독하게 덤벼들었다. 전력을 다해 부딪치다 보면되더라.'

이한열은 명석한 두뇌를 가지고 있지만 인생사에 우여곡절이 많았다. 수많은 굴곡을 뚫고 지나쳐서 많은 걸 획득해 냈다.

각오를 다지는 와중에 이한열이 마음으로 전해져 오는 흥겨운 배움 속으로 빠져들었다. 몰랐던 부분을 채우고 보완하여 새로운 경지로 나아갔다.

격이 달라지면서 배교의 신비로운 공부 하나가 이한열의 몸을 통해 새롭게 눈을 뜨려고 했다.

오랜 세월 잊혀져 배교의 신도들에게도 전설로 남아 있는 것이었다.

휘휘휘휘! 휘휘휘휘!

휘루루루루루루루!

팔만사천 모공에서 흘러나오는 기운이 신비한 음을 일으켰다.

"성가다."

"성스러운 노래다."

"아! 성가를 들을 수 있다니⋯⋯."

"교주님을 받들라!"

복받치는 감동과 함께 목청을 높여 소리친 무원경이 무릎을 꿇었다. 뒤를 이어 다른 사람들도 일제히 땅바닥에 무릎을 가져다 댔다.

장관이었다.

단 한 명의 이탈 없이 일제히 이한열을 신적으로 받드는 모습은 믿음과 신앙이 뒷받침되어 있었다. 삿된 마음으로 탐욕 어린 행동을 자주 벌이는 이한열이 이처럼 많은 사람들의 믿음을 얻다니 배교 교주가 아니라면 불가능한 일이었다.

그리고 사람들의 믿음은 이한열에게 더 큰 힘을 잉태하게 만들어 줬다.

종교란 신도들의 믿음 위에서 존재할 수 있었다.

휘휘휘휘! 휘루루루루!

바람 소리의 성가는 듣는 이의 마음을 즐겁게 고취시키는 힘이 있었다. 하늘 높이까지 끌어올려 주는 신비로운 음을 듣는 사람들의 얼굴이 편안해졌다.

성가는 하나가 아니었다.

전장에서 울려 퍼지는 성가는 아군의 사기를 고취시키고 적의 사기와 기운을 떨어뜨린다. 불가사의한 힘을 가지고 있는 성가는 고대 배교에서도 초대 교주만이 행할 수 있었던 이적이었다.

그런데 두 번째로 이한열이 몸을 이용해서 성가를 부르고 있었다. 허공에 날아올라 환상적이고 신비스런 휘광을 내뿜고 있었다.

휘휘휘휘! 휘휘휘휘!

휘루루루루! 휘루루루루!

성가의 소리가 일대에 가득 울렸다.

오랜 시간 단절되었던 배교의 성스러운 노래가 끊임없이

흘러나오면서 용암 일족의 마음을 깨끗하게 씻겨 줬다.

"……."

성가를 오랜 잠에서 깨워 낸 이한열이 허공에서 눈을 반개한 채 깊은 황홀감에 빠져 있었다. 문자의 음과 뜻을 하나하나 음미하면서 즐거운 시간을 보냈다.

휘휘휘! 휘휘휘!

휘루루루! 휘루루루!

이한열이 즐겁고 황홀한 마음을 담자 성가 소리가 대기를 떨리게 만들었다. 팔만사천 모공에서 새어 나오는 바람 소리가 단 하나도 똑같지 않았다.

우우우웅! 우우우웅!

무릎 꿇고 있는 무원경의 몸에서 용음이 일어났다.

투투툭! 투투툭!

우두둑! 우두두둑!

요란한 소리와 함께 그의 몸이 꿈틀거렸다.

"이것은……."

몸에서 일어나는 변화가 무엇인지 잘 알고 있는 그의 눈이 황소 눈망울처럼 커졌다.

환골탈태와 함께 반박귀진 현상이 몸에서 벌어지고 있었고, 종국에는 반로환동으로 전개되는 중이었다. 노화한 육체가 새롭게 최적의 몸으로 태어나는 과정이었다. 쉽게 말해 늙은 육체가 젊어지고 있었다.

"아! 감사합니다. 교주님. 오랜 시간 살아서 광명이 찾아오는 교의 앞날을 볼 수 있겠군요."

무원경의 두 눈에서 눈물이 흘러내렸다.

막대한 진기로 버티고 있었지만 늙은 육체에서 생기가 빠른 속도로 소진되고 있었다. 백약이 무효한 노화였다. 죽을 날만 기다리고 있어야 했는데, 반로환동을 통해 새로운 삶을 누리게 됐다.

모두가 이한열의 덕분이었다.

새로운 생명을 얻은 무원경은 이한열을 위해서라면 심장이라도 뽑아낼 준비가 되어 있었다.

기적을 경험하고 있는 건 무원경뿐만이 아니었다.

우두둑! 우우두둑!

와드드득! 와드드득!

근육과 뼈의 뒤틀림 소리가 사방에서 울리고 있었다.

"피부가 벗겨지고 있다."

"환골탈태야."

"깨달음이나 진기의 증가 없이 환골탈태를 경험하다니, 이건 기적이야."

"교주님을 만난 자체가 우리에게는 기적이다."

환골탈태를 하면서 사람들이 허물을 벗고 있었다.

"아! 무공이 상승하고 있는 것이 느껴진다."

"강기는 언감생심이었는데, 이제 강기를 뿌릴 수 있을 것 같아. 아니, 확실히 만들어 낼 수 있어."

무위가 낮아 환골탈태까지 가지 못한 사람들은 근육과 뼈가 최적의 자리로 이동하면서 더욱 높은 경지로 올라갔다.

성가는 신도들을 지금까지 경험하던 세상보다 높은 곳으로 데려다주고 있었다. 그리고 이한열도 보다 격이 높은 세상으로 이끌었다.

신천지가 이한열 앞에서 문을 열고 있었다.

끼이익! 끼이익!

조금 열리던 문이 귀에 거슬리는 소리와 함께 멈춰 버리는가 싶더니 다시금 닫히기 시작했다. 아직 새로운 경지를 허락하지 않겠다는 의미였다.

'감히!'

이한열이 닫히는 문을 억지로 잡아서 밀어 버렸다. 천 근거력을 뛰어넘은 무지막지한 영력이 실리면서 닫히던 문이 멈췄다.

끼이잉! 끼이이잉!

닫히지 못하고 있는 문의 울음소리가 커져 갔다.

문은 이한열의 앞을 가로막고 있는 장애물이 형상화한 것이었고, 그걸 인간의 영력으로 막는다는 건 사실상 불가능에 가까웠다.

그런데 그런 불가능을 이한열이 해냈다.

신성을 몸에 지니고 있기에 행할 수 있는 이적이었다.

'열려라!'

이한열이 영력을 마구 토해 내면서 일갈했다.

끼잉! 끼이잉!

끼이이잉! 끼이이이이잉!

비 맞은 개처럼 애처롭게 울부짖는 문이 요란하게 뒤흔들렸다. 금방이라도 열릴 것처럼 보이는 신천지가 도통 보이지 않았다.

빠직!

문의 강렬한 저항을 지켜본 이한열의 눈썹이 위로 솟구쳤다.

잔뜩 분개한 이한열은 더 이상 문을 열 생각이 없었다.

'박살 내 주마.'

그는 막아서는 장애물을 깨달음 없이 힘을 사용해서 강제로 깨뜨리고 나아갈 작정이었다.

휘휘휘! 휘휘휘!

휘루루루! 휘루루루!

바람 소리가 사납고 강렬해졌다.

앞을 가로막고 있는 장애물에 성가의 음률이 바뀌고 있었다. 들판을 질주하는 야생마처럼 점점 강렬해졌는데, 전장에서 울리는 배교의 전투 성가였다.

오오오오오오! 오오오오오오!

이한열의 몸에서 하늘을 꿰뚫을 듯 가공할 투기가 투사됐다.

파라라락! 파라라락!

두 눈에서 투기의 번갯불이 뿜어졌고, 뇌전으로 일렁이는 머리카락은 지상이 아닌 하늘을 향해 빳빳하게 곤두섰다.

투신이다.

막는 걸 모조리 박살 내어 버리는 존재, 투신!

배교의 교주는 다채로운 능력을 지는 신적인 존재였다. 그렇기에 강호 무림 최강의 단일 세력으로 인정받고 있는 마교가 혈마교와 연합하여 배교를 무너뜨렸다. 배교에서 투신이 나타나게 되면 마교라고 해도 상대하기가 쉽지 않았다.

"투신이다."

"투신강림!"

"투신!"

"강림!"

잊힌 배교의 전설이 잇따라 등장하자 신도들이 감격에 젖어 한목소리로 외쳤다. 그건 투신과 함께 전장에서 성전을 펼치겠다는 외침이었다.

스으윽! 스윽!

스르르! 스르르르!

신도들에게서 투명한 영기가 새어 나와 이한열의 코와 입 그리고 모공 등을 통해 흡수됐다. 신도들과 함께 할 때 배교의 투신은 더욱 창대해진다.

콰우우우우! 콰우우우우!

신도들의 열렬한 지원을 받고 있는 이한열의 모든 영력을 끌어모았다.

콰아아아아!

이한열이 정권을 내질렀다.

콰아앙!

폭음과 함께 단단하게 저항하고 있던 문이 그대로 박살났다. 산산이 조각나서 사방으로 흩어지던 문의 파편들이었다.

'때로는 단순한 것이 최고다.'

이한열이 복잡하게 생각하여 해답을 구하지 않고 힘으로 해결했다. 힘으로 강제적으로 깨달음을 구현해 냈다. 지금까지 누리지 못한 공간에 서서 격의 변화를 만끽했다.

쏴아아! 쏴아아!

신천지에서 새로운 바람이 흘러와 이한열의 몸과 마음을 채웠다. 뜻과 의지, 깨달음이 담겨져 있는 바람이었다.

부르르! 부르르!

천둥처럼 전해져 오는 강렬한 공부에 이한열이 전율하였다.

맑고 푸른 하늘이 그의 두 눈에 가득 투영됐다. 구름 한 점 없는 하늘에서 금방이라도 쪽빛 물방울이 떨어져 내릴 것처럼 보였다.

'하늘이다.'

이한열이 새삼스레 넓고 광대하며 높은 하늘을 알게 됐다. 매일 보게 되는 하늘이었는데 하늘은 그 자체로 하늘이었다.

'하늘을 닮자.'

마음먹는 순간 이한열이 하늘과 동화되어 갔다.

천인합일이었다.

하늘과 사람이 하나로 합쳐지는 경지는 사실 무림에서 알려진 경지와 많이 달랐다.

학자인 이한열은 누구보다 그런 사실을 잘 알았다. 천인합일에 대해서 이야기하라면 삼 박 사 일 동안 쉬지도 않고 떠들 수 있었다. 수백 권의 책으로도 쉽게 설명할 수 없는 내용을 무림인들이 너무 쉽게 말하고 받아들인다는 사실에 어이가 없었다.

엄청나게 공부를 한 이한열도 천인합일에 대해서 본원적으로 알지는 못했다. 그저 학업을 하면서 천인합일의 이치에 대해서 배웠을 뿐이었다.

중용에 천명지위성이라는 말이 있는데, 과거에도 자주 출제되는 표현이다. 인간 존재의 본질인 성은 천명과 동일한 것이라는 뜻이다.

사람이 지각하거나 의식하지 못하는 순간에도 심장은 쿵쾅거리면서 삶의 근원을 펴트린다. 살려는 마음과 의지는 인간의 생각과 뜻을 초월한 본질적인 것이다.

인간 존재의 본질은 성은 파고들면 파고들수록 학자들에게 난제를 던진다. 인간의 본질을 안다고 한 순간 아는 것이 아니게 된다.

도가도 비상도!

도가 말해질 수 있다면 영원한 도가 아니고 이름이 불려질 수 있다면 영원한 이름이 아니다. 이름이 없는 것은 만물의 처음이고 이름이 있는 것은 만물의 어머니이다. 말로 형상화된 도는 늘 그러한 원래의 도가 아니다.

　　마음이 하고자 하는 바를 따라도 법도에 어긋나지
　　아니하였다.

공자의 실천 세계도 사실 천인합일의 모방 세계로 이해할 수 있다.

이한열이 기존에 알고 있던 천인합일은 사람들 사이에서

형상화된 도였지 원래의 도가 아니다. 쉽게 말해 모조를 진품으로 알고 있던 셈이다.

그런데 지금 하늘을 닮고자 하는 생각과 함께 원래의 본질을 찾아갔다. 잃어버렸던 태초의 말로 표현할 수 없는 걸 얻어 가는 것이었다.

씨익!

맑은 웃음을 짓는 이한열에게 하늘의 기운이 스며들었다. 하늘과 동화되어 천인합일의 경지가 된 이한열의 몸이 하늘로 더욱 높이 솟구쳤다.

십 장!

이십 장!

오십 장!

백 장!

삼백 장!

오색 광채를 뿌리는 이한열이 원한다면 더욱 높이 솟구치는 것이 가능했다.

스으의! 스으의!

어느새 깃든 오색구름이 이한열의 발을 떠받치고 있었다.

우화등선을 할 때 벌어지는 광경이었다.

이한열은 현재 천인합일의 경지였기에 마음만 먹으면 우화등선이 되어 신선이 될 수도 있었다. 천 년 만 년 사람들의 추앙을 받으면서 살아가는 것도 가능했다.

'신선이 아닌 인간으로 이승에 남아 즐거움을 만끽하리라!'

하지만 이한열은 신선이 될 생각이 눈곱만치도 없었다. 영원히 살아가면서 무욕하며 살아가는 신선과 달리 짧은 생을 살아도 탐욕을 부리는 인간으로 죽고 싶었다. 이기적인 마음을 놓지 않았다.

"등선하시면 안 됩니다."

"저희를 버리시지 마십시오."

"교주님!"

오색 광채와 오색구름에 휩싸인 이한열을 보면서 땅에 있는 용암 일족에 난리가 벌어졌다. 오랜 세월 기다려 온 교주가 등선하게 된다면 그야말로 닭 쫓던 개 지붕 쳐다보는 꼴을 넘어서서 아예 망국이었다.

"굽어살펴 주십시오."

"교주님, 떠나지 마세요."

"교주님이 계셔야 할 곳은 신도들 옆입니다."

"이대로 떠나실 수는 없습니다. 가시려거든 차라리 저를 죽이고 가십시오."

쿠웅! 쿵!

머리를 땅바닥에 찍으면서 울부짖는 신도들도 있었다.

퍼억! 퍽!

반로환동을 하여 젊어진 무원경이 미친 듯이 땅에 머리를 박아 댔다. 보검에 찔려도 피 한 방울 나오지 않을 육체였는데 얼마나 강렬하게 땅을 찍고 있는지 찢어진 상처에서 피가 흘러나오고 있었다.

휘리리! 휘리리리릭!

스르르르! 스르르르!

오색 광채와 오색구름이 사라져 갔다.

그리고 그 사이로 신성을 뿌리고 있는 이한열이 모습을 드러냈다.

"시끄러워서 떠날 수가 없구나."

이한열의 음성이 신도들의 귓가에 울렸다.

멀리 떨어져 있는데도 불구하고 바로 옆에서 이야기하는 것처럼 선명한 목소리였다.

"교주님!"

"감사합니다. 정말로 감사합니다."

"믿고 따르겠습니다."

"죽으라면 죽겠습니다. 그러니 제발 저희 곁을 떠나지만 말아 주십시오."

용암 일족이 안도하며 미친 듯이 아우성쳤다.

그들의 마음에 이한열의 말이라면 무슨 말이든 믿을 신뢰가 형성됐다. 죽으라고 하면 죽는 장소에 기꺼이 갈 수도 있었다.

우화등선!

신선!

무한한 삶!

우화등선하여 장생불로한 삶을 사는 건 인류의 꿈이다. 유한한 삶에서 탈피하여 신선이 된다는 건 개인에게 있어 더할 나위 없는 축복이다.

인간으로 받을 수 있는 최고의 축복을 벗어 던지고 신도들 옆에 있는 걸 선택한 교주 이한열이 신도들의 눈에는 높아 보일 수밖에 없었다.

하지만 실상 어디까지나 자신의 탐욕 때문에 우화등선을 거부한 이한열이었다.

"차 재배요? 제가 밤낮으로 매달려서 중원 최고의 차를 만들어 내겠습니다."

"차를 덖어 내는 데 최고의 기술자가 되겠습니다."

신도들이 앞 다퉈서 이한열에게 도움이 되는 방법을 찾았다. 어떻게든 이한열과의 인연을 이어 나가겠다는 것이었다. 그리고 여러 인연이 깊어진 사람은 우화등선을 할 수가 없게 된다는 걸 알았기 때문이기도 했다. 하늘로 등신하려고 하면 인연으로 매달려서라도 막겠다는 심보였다.

스르르르! 스르르르!

하늘 높은 곳에서 신성을 뿌리고 있던 이한열이 천천히 땅으로 내려서고 있었다. 하강하면서 신성과 대기를 떨리게 만들었던 패도적인 기운도 몸으로 흡수하였다.

탁!

이한열이 땅을 밟았다.

'허공에 뜨는 것도 좋지만 사람은 역시 땅을 밟고 살아야 해.'

땅의 부드럽고 단단한 촉감이 이한열을 반겼다.

그의 입가에 햇볕처럼 싱그러운 웃음이 걸렸다.

第十三章

즙포묵패

저벅! 저벅!

이한열이 천천히 걸음을 옮기기 시작했다.

왼쪽 옆에는 오늘도 천도훈이 함께하고 있었다.

덜렁! 덜렁!

천도훈이 허리춤에 찬 검이 걸을 때마다 흔들렸다.

지고한 경지에 오른 천도훈은 검을 패용하고 있었지만 그 얼굴은 병아리 한 마리 잡기 어려워 보였다. 그렇기에 다른 사람들이 볼 때는 장식용 검이라고 생각하기 쉬웠다.

그때 이한열과 천도훈의 발걸음을 멈추게 하는 목소리가 들려왔다.

"거기 너희들! 멈춰라."

등 뒤에서 들려오는 목소리에 이한열이 말 그대로 멈췄다. 천도훈도 이한열과 맞춰 제자리에 우뚝 섰다.

다다닥! 다다닥!

요란한 발자국 소리와 함께 군복을 입은 병사들이 이한열과 천도훈을 포위했다.

"무슨 일이지?"

이한열이 물었다.

"허리춤에 무기를 패용하고 도시에 들어온 이유가 무엇이냐?"

길쭉한 말대가리 상의 얼굴에 코 밑에 염소수염을 한 사내가 앞으로 나서면서 비릿한 웃음을 지었다.

"호위 무사가 검을 휴대하고 있는 것이 문제인가?"

"너희 둘은 아무리 봐도 수상하다. 부대까지 함께 가서 조사를 해 봐야겠다."

"크크큭! 크큭!"

"잘한다."

"뭐 하자는 거지?"

이한열이 얼굴을 찌푸렸다.

병사들이 수상해서 검문을 한다면 받아 줄 용의가 충분히 있었다. 검문과 함께 대명의 고관대작이라는 점을 알리려고 했다.

그런데 돌아가는 분위기가 심상치 않았다.

"좋은 게 좋은 거란 말이야."

염소수염의 사내가 말하면서 엄지와 검지로 동그라미를 그렸다.

뇌물을 바치라는 소리였다.

"하아! 어처구니가 없군."

이한열은 병사들의 먹잇감으로 찍혔다는 사실에 어이가 없었다.

병사들은 도시를 수호하고 있는 지방군 소속이었다. 외적에게서 도시를 방어하고, 백성들을 지키는 임무를 가지고 있었다. 그런데 오히려 백성을 위협하여 자신의 뱃속만 챙기려하고 있었다.

급속히 멸망의 길로 치닫고 있는 명나라였다.

백성들을 지켜야 할 병사들이 오히려 산적들처럼 마구 행패를 부리고 있었다. 관리들의 혹독한 가렴주구에 시달리며 도탄에 빠져 눈물짓는 백성들의 원성은 끝내 걷잡을 수 없는 맹렬한 불길이 되어 중원 각처로 번져 나갔다.

도처에서 백성들의 봉기가 일어나는가 하면, 이같은 혼란기에 편승하여 패권을 노리는 군웅할거와 각축전 역시 심화되고 있었다.

망국의 조짐이 여기저기에서 보이고 있었다.

"죽일까요?"

천도훈의 몸에서 거친 파멸의 기운이 감돌았다.

일 검에 병사들을 모두 도륙하고도 남을 기운이었다.

그런데 정작 생명의 위협을 받고 있는 병사들은 그런 사실을 몰랐다.

"죽으려고 환장을 했구나."

"돈을 주면 보내 주겠다. 함께 잘 먹고 잘 살자는 이야기야. 험악한 상황 보기 싫으면 당장 전낭에 있는 돈을 모두 꺼내라."

쿵! 쿵! 쿵!

병사들이 창으로 땅을 찍으면서 위협적인 분위기를 만들어냈다. 일부는 창을 들어서 금방이라도 찌를 것처럼 날뛰었다.

"큭!"

이한열이 입가에 쓴웃음을 지었다.

'이런 기분이었군.'

힘과 명성, 권력을 얻고 난 뒤 대체적으로 뺏는 쪽이었지 빼앗기지는 않았다.

역지사지!

외부의 압력에 의해서 돈을 빼앗긴다는 것이 얼마나 불쾌하고 더러운지 절실하게 깨달았다.

'앞으로는 빼앗기는 사람들의 마음을 살뜰히 챙겨 줘야겠어. 돈을 바치는 데 기분까지 더럽게 만들 필요는 없어.'

이한열이 병사들을 반면교사로 삼아서 배울 교훈을 찾다.

슥!

차가운 눈빛으로 병사들을 노려보고 있는 천도훈이었다. 그러나 이한열의 지시가 없었기에 움직이지 않고 대기했다.

"비루한 놈! 아까의 용기는 어디로 간 거냐?"

"죽이기 전에 죽는다. 함부로 날뛰지 마라. 천둥벌거숭이야."

병사들은 덤비지 않고 가만히 서 있는 천도훈의 모습을 보고 약하다고 여겼다. 그렇기에 조롱하고 놀리면서 재미있어했다. 호랑이의 입 안에서 죽을 줄도 모르고 날뛰었다.

"전낭을 꺼내. 계속 미적거리면 죽도록 맞는 수가 있다."

"창으로 뻥 뚫어서 가슴 앞과 뒤에 바람구멍을 만들어 주마."

병사들이 천방지축으로 날뛰었다.

이한열과 천도훈이 침묵하고 있자 굶주린 승냥이 떼처럼 더욱 날뛰었다.

'이 놈들을 어떻게 처리해야 잘했다고 소문이 날까?'

이한열이 병사들의 처리법에 대해 고민했다.

관리 신분을 증명하는 호패를 내보여서 병사들을 기겁하

게 만들어도 됐다. 잘못된 점을 조목조목 지목하여 처벌하고, 일가의 재산을 몰수하는 것도 괜찮았다.

'마음에 들지 않아.'

이한열을 법대로 병사들을 처리하고 싶지 않았다.

만약 병사들이 조금만 수위를 낮춰서 날뛰었다면 법대로 처리하고 지나갔을 것이다.

'괘씸한 놈들!'

하룻강아지 범 무서운 줄 모른다고 병사들이 이한열의 심기를 불편하게 만들었다.

법은 멀고 주먹은 가깝다!

병사들이 세속에 통하는 진리를 꺼내 들었다면 똑같이 되갚아 주면 된다. 그리고 그런 진리를 선보이는 데 이한열은 도사였다.

"임무를 망각하고 돈을 탐하는 네 놈들에게 동전 하나 줄 마음이 없어."

이한열은 싸늘하게 말하면서도 묘한 양심의 가책을 받았다.

'나는 달라. 적어도 임무는 망각하지 않으니까.'

이한열이 스스로를 위안했다.

병사들과 이한열이 돈을 좋아하는 습성은 똑같았다. 하지만 이한열은 임무를 수행하면서 뒤로 뇌물을 챙겼고, 병사들은 임무를 내팽개쳤다.

아주 큰 차이였다.

적어도 이한열이 생각하는 한도에서는 말이다.

돈을 내지 않고 뻗대는 이한열을 보고 염소수염이 잠시 당황했다. 하지만 이내 얼굴을 잔뜩 흉흉하게 일그러뜨렸다.

"정말로 죽이는 수가 있다."

염소수염이 최후통첩을 날렸다.

그의 살기는 진짜였다.

한두 사람을 죽여서 얻을 수 있는 살기가 아니었다. 적어도 수십 명의 사람을 죽인 자만이 가질 수 있는 살기였다.

많은 사람을 죽여 본 이한열이기에 알아볼 수 있었다.

염소수염의 살기가 강렬했지만 이한열에 비해서는 송사리에 불과했다.

"죽일 때는 과감하게! 알았지?"

"뭐라고?"

"직접 보여 줄게."

이한열은 염소수염을 즉결 처형하기로 마음먹었다.

아무리 죽을죄를 지었어도 대명의 병사를 함부로 죽였다가는 커다란 문제가 발생한다. 그러나 강호행에 나선 이한열은 주수선에게 황족을 제외한 부정부패범이 즉결 처형 권한이 있었다.

파라락!

이한열의 오른쪽 소맷자락이 펄럭였다.

소맷자락을 철처럼 이용하는 철수신공이었다.

진기를 소맷자락에 강하게 넣을 때는 강철처럼 강하게 만들 수 있었고, 유려하게 투입할 때는 비단처럼 하늘하늘하면서도 질긴 힘을 투사할 수 있다.

파파팍!

소맷자락이 염소수염의 입을 강타했다.

"크아악!"

붉은 핏물과 누런 이가 허공으로 확 튀어 오르면서 비명 소리가 울려 퍼졌다.

"아아악! 냉 잎……."

입이 뭉개진 탓에 '내 입'이라고 말한 염소수염의 발음이 마구 샜다.

함부로 주둥아리를 놀린 대가였다.

"화의 근원이 될 수 있는 입은 사람을 봐 가면서 열어야 하는 법이다."

이한열의 날카로운 시선이 칼날처럼 염소수염에게 내리꽂혔다.

"으으으으!"

황급히 뒤로 물러나고 있는 염소수염이 공포에 질렸다. 이제야 호랑이의 수염을 마구 건드렸다는 사실을 깨달았다. 엄청난 실력자를 상대로 벌였던 막장 행각이 뇌리에 떠올랐다. 시간을 되돌릴 수만 있다면 주둥아리를 꿰매고만 싶은 심정이었다.

부르르! 부르르!

그가 몸을 마구 떨었다.

"살려……."

털썩!

약삭빠른 그가 제자리에 무너지면서 목숨을 구걸했다. 덤벼 봤자 상대할 수 없다는 걸 알았기에 이한열의 자비를 청했다.

"그런 소리는 하지 마. 당장에 죽이고 싶어지니까."

이한열의 눈에서 흉흉한 살기가 솟구쳤다.

일격에 죽이지 않고 염소수염을 살려 둔 건 짜증과 불만을 유발시켰기에 그만한 응징을 주기 위함이었다. 깔끔한 죽음은 염소수염에게 축복이었다.

"크으윽!"

염소수염은 살아날 방도가 없다는 걸 직감했다.

"거기서 지켜 봐. 동료들이 어떻게 죽어 나가는지를 말이야."

옹졸한 이한열의 보복이 작렬했다.

"으으으! 샌님일줄 알았는데 고수였어."

"학사가 아니면 학창의를 입고 다니지 말라고."

갑작스럽게 벌어진 염소수염의 참변을 목격한 병사들의 얼굴색이 시커멓게 죽어 버렸다. 경기에 가까운 표정을 짓고 있는 그들은 앞으로 닥칠 불상사를 예감하고 있었다.

"나는 학사다."

이한열은 무인 이전에 학사라는 생각을 가지고 있었다. 그렇기에 진사라는 신분을 가장 먼저 사람들에게 알렸다. 오랜 학업 끝에 얻은 진사에 대한 애착이 무척이나 강했다.

"웃기지 마."

"학사가 어떻게 이렇게 강한데?"

병사들이 반발했다.

그들의 기준에서 학사는 그저 책을 읽는 사람일 뿐이었다. 책상물림 따위 부실한 몸을 가진 나약한 존재였다.

"편견을 버려. 고정된 틀에 갇힌 사고만 가졌다가 나와 같은 사람을 만났잖아."

학사라고 해서 모두가 나약하지는 않았다.

요즘 공부는 체력전이었다.

비교 평가를 받는 과거에서 합격하기 위해서는 다른 학사들보다 책 한 자라도 더 봐야만 했다. 하루 반 시진을 덜 자면 과거에 합격할 확률이 보다 올라간다.

그리고 유교에는 초월적인 수준의 무공도 비인부전으로 도도하게 내려오고 있었다. 인연이 닿지 않아 이한열이 익히지는 못했지만 황궁과 조정에는 유교 출신의 초고수들도 존재했다.

"나쁜 건 저 빌어먹을 놈입니다. 저희는 하고 싶지 않았는데, 천하의 죽일 저 새끼가 학사님을 먹잇감으로 찍었습니다."

"맞습니다."

병사들이 염소수염을 희생시키기 위해 한목소리를 냈다.

"크어억! 넝희들동 동의했잖앙!"

공범들의 배신에 염소수염이 입에서 피거품을 뿜어내며 발끈했다. 주도적으로 한 건 맞지만 혼자서 결정을 내리지는 않았다.

"반성하고 있습니다. 살려 주시면 안 될까요?"

"살려만 주신다면 앞으로 착하게 살겠습니다."

병사들이 말을 받아 주는 이한열에게 간절하게 빌었다. 손을 쓰지 않고 가만히 있는 이한열을 보면서 살아날 수 있다는 생각을 가졌다.

씨익!

이한열이 웃었다.

씨익!

씩!

씨이익!

병사들도 따라 웃었다.

"학사님이라 착하신 줄 알았습니다."

"감사합니다."

"개과천선하여 이제부터는 나라에 충성하고 백성들을 위하겠습니다."

병사들은 살았다고 생각했다.

"내가 언제 살려 준다고 했나?"

이한열이 여전히 사람 좋게 웃고 있었다.

"웃으시기에 좋게 생각하시는 줄 알았습니다."

"맞습니다."

"웃음은 저희들을 살려 준다는 암묵적인 표현입니다."

"쯧쯧쯧! 편견에 빠지지 말라니까. 이승을 떠나기 전까지 편견에서 벗어나지 못하는구나."

병사들의 꽉꽉 막힌 사고에 이한열이 한탄했다.

휙!

병사 한 명이 이한열의 바짓가랑이를 붙잡으면서 빌려고 했다. 처절한 모습을 보여 자비를 구하기 위한 발버둥이었다. 살아 보고자 한 의지 때문인지 무척이나 재빠른 행동이었다.

퍽!

천도훈이 이한열의 앞으로 나서면서 병사의 턱을 무릎으로 올려쳤다. 참으로 시기적절하게 나섰기에 병사가 그대로 턱을 천도훈의 무릎에 가져다 댄 것처럼 보였다.

"크억!"

병사가 비명을 지르면서 허공으로 붕 떠올랐다.

푸화학!

허공에 피분수를 뿌려졌다.

"너희들이 손을 댈 수 있는 분이 아니다."

천도훈이 서늘하게 병사들을 노려보며 말했다.

"저 호위 무사는?"

"아까 죽일 거라고 했던 말이 허언은 아니었구나."

"크윽! 이제 우리들은 죽었다."

병사들이 이한열을 호위하며 우뚝 서 있는 천도훈을 바라보면서 몸을 떨었다.

스팟!

천도훈이 살기를 줄기줄기 뿜어내면서 병사들을 바라보았다. 신성한 존재 이한열을 모욕하고 농락한 병사들을 용서하지 않았다.

"젠장! 강하면 강한 티를 내라고."

"이제야 알겠다. 저건 약한 게 아니야. 너무 강해서 오히려 약해 보였던 것이다."

팔을 늘어뜨린 자연체의 자세로 언제 어느 순간이라도 검을 뽑아낼 수 있는 천도훈이었다. 명령만 떨어지면 곧바로 박살을 내 버릴 작정이었다.

"도훈!"

"하명하십시오."

"처리해. 쉽게 죽이지는 마."

살해를 명령하면서도 뒤끝을 작렬시키고 있는 이한열이었다.

"알겠습니다."

가만히 지켜보느라 속에서 천불이 일어났던 천도훈이 냉큼 명령을 받들었다. 병사들을 잘근잘근 밟아 주고 싶어서 몸이 너무 근지러웠다.

"안 돼!"

"제발 봐주십시오."

절망스런 얼굴의 병사들이 애걸복걸하면서 삶을 갈구했다.

"돼!"

저벅!

천도훈이 한 마디 내뱉으면서 발을 내디뎠다.

예전이었다면 하지 않았을 농담이었지만 이한열을 만나면서 사람이 바뀌었다. 가족의 차별과 냉대로 꽁꽁 얼어붙어 있던 동토와도 같은 마음이 녹아들고 있었다. 특히 삽화가를 하면서 이한열과 소통한 것이 결정적이었다.

"주르륵!

그가 병사들 사이로 미끄러져 들어갔다.

호랑이 한 마리가 양 떼 사이로 난입한 것이었다.

"어헉!"

병사 한 명이 화들짝 놀라 물러나려고 했다.

"왜 내가 먼저인데……."

병사의 말과 표정에는 억울함이 잔뜩 깃들어 있었다. 많고 많은 병사들 가운데 자신이 가장 먼저 찍혔다는 사실에 불만이 많았다.

"아까 창질하는 거 다 봤다."

천도훈은 아까 까불거리던 눈앞의 병사를 첫 번째 목표로 삼았다. 뒤끝 작렬시키는 법을 이한열로부터 배워 사용했다.

"좋아. 남자라면 자고로 원한을 잊지 말아야지."

이한열이 힘내라고 추임새를 넣어 줬다.

"감사합니다."

병사들을 상대하는 와중에도 고개를 돌려가면서 천도훈이 고마움을 표현했다. 그리고 그 고마움의 표시를 주먹질로 보여 줬다.

퍼억!

천도훈의 주먹이 병사의 코에 작렬했다.

정확하면서 짧고 강렬한 주먹에 콧대가 짓뭉개지면서 안면이 그대로 함몰되어 버렸다. 함몰된 부위에는 입까지 포함되어 있었다.

"크아아악!"

안면이 뭉개져서 가족이 와도 알아보기 힘든 처지가 되어버린 병사가 비명을 지르며 뒤로 나가 떨어졌다. 극심한 고통에 바닥을 데굴데굴 구르면서 날뛰었다.

"아까 학사님이 하시는 말씀 들었지? 함부로 주둥아리 놀렸다가는 작살이 나는 법이다."

"그런 말이 아니었잖아요. 왜 마음대로 곡해를 하시는 건데요?"

동료 병사의 비참한 모습을 목격한 병사 한 명이 창을 들면서 천도훈과 거리를 벌렸다.

부르르! 부르르!

창이 강풍에 흔들리는 사시나무처럼 떨렸다.

천도훈의 마음을 돌리고 싶어 말을 걸은 병사였다.

그러나 그것이 오히려 불행으로 다가왔다.

"때리는 사람 마음이다."

천도훈이 병사에게 질풍처럼 다가갔다.

"으아악!"

쇄도하는 천도훈을 본 병사가 비명 소리와 함께 뒤로 물러
나면서 창을 연신 내질렀다. 짧고 간결한 창질을 선보였다.

쉬쉬쉭! 쉬쉭!

대명의 병사들이라면 누구나 배울 수 있는 육합창법의 묘
리를 담은 창이 빠르면서 강렬했다. 오랜 세월 수련한 병사의
힘이 잔뜩 깃들어 있었다.

하지만…….

천도훈의 눈에는 창의 속도와 변화가 마치 정지한 것처럼
보였다.

스스슥!

그가 상체를 버드나무 가지처럼 흔들면서 머리카락 한 올
의 차이로 창을 모두 피해 냈다.

"허억!"

젖 먹던 힘까지 모두 사용해서 내지른 창질이 허무하게 사
라지는 광경을 목격한 병사의 두 눈에 절망감이 스치고 지나
갔다.

휘익!

천도훈의 주먹이 땅을 스치는 듯싶더니 위로 솟구쳐 올랐
다.

"안 돼!"

병사는 눈에 가득 들어오는 주먹을 보면서 극도의 공포에

질렸다.

스륵!

병사가 황급히 창을 회수하여 창대로 주먹을 막아 갔다. 박달나무로 만든 단단한 창대라면 주먹을 막을 수 있다고 판단했다.

"된다니까 그러네."

천도훈이 말과 함께 주먹질에 더 힘을 실었다.

콰직!

창대 부러지는 소리와 함께 주먹이 병사의 턱에 작렬했다.

"아아아악!"

두 손에서 창을 놓아 버린 병사가 비명을 내질렀다. 발이 땅에서 떨어지는가 싶더니 허공으로 붕 떠올랐다.

이번 병사도 함부로 주둥아리를 놀렸기 때문에 턱을 비롯한 입 주변이 완전히 박살 나 버렸다. 천도훈이 병사들을 하나같이 주둥아리 병신을 만들기로 작정했다.

그리고 이번 병사에 대한 천도훈의 응징은 아직 끝나지 않았다.

탁! 탁!

천도훈이 병사가 놓아 버린 부러진 창 두 조각을 양손으로 잡아냈다.

"병기는 자고로 애인처럼 소중히 다루라고 했다. 그런 병기를 놓치면 어떻게 하자는 거지? 잘 간수할 수 있도록 챙겨줄게."

"크으윽! 필용 엉능데……."

허공에 정점을 찍고 아래로 내려서면서 불길함을 느낀 병사가 필사적으로 고개를 가로저었다.

"형이 말할 때는 들어."

"어허허헝! 혀엉! 필용 없엉용."

"사양하지 마."

천도훈이 부러진 두 자루의 창 조각으로 병사를 찔렀다.

그냥 찌르는 것이 아니라 부러져서 거친 쪽을 앞으로 해서 말이다.

푸욱! 푹!

꿰뚫리는 소리와 함께 창이 병사의 엉덩이에 나란히 꽂혔다.

"크허허허허헉!"

엉덩이에서 전해져 오는 극심한 통증에 병사가 눈을 희번덕거렸다.

"쌍바위골에 깃대가 꽂혔네. 멋진 수!"

이한열이 천도훈의 수에 감탄을 터트렸다.

악랄하기로 따지면 그도 재간이 있었지만 부러진 창을 엉덩이에 나란히 꽂는다는 건 생각하지 못했다.

"좋은 소재야. 다음에 작품에 넣어야겠어."

"영광입니다."

"앞으로도 재기발랄한 수를 기대할게."

"최선을 다해 고민하겠습니다."

이한열과 천도훈이 기분 좋게 대화를 주고받았다.

가해자의 입장에는 재기발랄할 수 있어도 당하는 입장에서는 엽기적이었다.

"변태 놈들!"

"더럽다. 어찌 이리도 손속이 악독할 수가 있느냐?"

병사들이 발악적으로 소리쳤다.

당하는 것에도 정도가 있는 법인데, 천도훈의 수작질이 너무 악독했다. 차라리 편하게 죽는 것이 낫다고 병사들이 생각할 정도였다.

주춤! 주춤!

병사들이 천도훈에게서 멀어지고 있었다. 일부 병사들이 당할 수 없다는 듯 엉덩이를 두 손으로 애틋하게 감싸 쥐었다.

"변태가 아니라 생각이 다른 거야."

창작 욕구가 강하게 일어난 이한열이 친절하게 이야기해 줬다.

창으로 사람의 몸을 찌르는 행위는 똑같은 목적을 가지고 있었다. 여성의 가슴을 찔러 지탄을 받기도 하지만 상해를 목적으로 한 이상 부위가 어느 곳이든 그건 찌르는 사람의 마음이다.

휘이익!

천도훈이 역동적으로 병사들을 향해 달려들었다.

파라락! 파라락!

강한 속도에 휘날리는 머리카락 사이로 천도훈의 눈빛이 희번덕거렸다. 그 눈빛은 병사들을 잘 요리하여 이한열의 창작 욕구를 더욱 강하게 일으키겠다는 의지의 표현이었다.

천도훈의 병사들 공격에는 거침이 없었다.

그는 지금 소요서생 소설 속의 주인공처럼 행동하고 있었다.

우직! 우직!

콱! 콰지직!

천도훈의 손이 병사의 사지와 부딪치면서 뼈가 부러지는 듣기 거북한 소리가 울렸다. 사지가 각각 다른 방향으로 꺾여 버린 병사가 땅바닥에 그대로 널브러졌다.

"크허허헉! 어허헝!"

혼자서는 일어설 수도 없게 된 병사가 눈물을 줄줄 흘리면서 애처롭게 울었다. 목청을 높여 울면서 서러운 현실을 한탄했다.

"자꾸 시끄럽게 울면 이번에는 허리를 부러뜨린다."

"크으으!"

병사가 입술을 꾹 다물며 비명을 안으로 집어삼켰다. 사지가 부러진 상황에서 허리까지 부러질 수는 없다고 생각하면서 고통을 버텼다.

"이번 말 어떻습니까?"

천도훈이 고개를 돌리면서 이한열에게 물었다.

"좋기는 한데, 너무 인위적이라는 생각이 들어."

"마도 출신이라면 괜찮다고 생각했는데……."

"마도라면 말보다 행동이지. 먼저 허리를 부러뜨린 다음에 시끄러워서 했다고 하면 조금 더 말이 됐을 것 같아."

"아! 그렇군요. 말보다 행동이군요."

천도훈이 고개를 끄덕거렸다.

이한열의 말 한마디 한마디가 그대로 천도훈의 가슴에 들어와서 정확하게 꽂혔다.

"이번 수도 신선했어. 사람의 사지를 인형처럼 꺾어 놓다니……. 역시 책상물림은 한계가 있어."

이한열이 자신의 부족함을 인정했다.

학사 출신이었기 때문에 사람을 악독하게 몰아가지 못 했다.

그러나 천도훈은 사정이 달랐다.

배교의 형벌을 집행하는 암흑좌사 출신이었기에 고문이나 처벌에 있어 무척이나 능숙했다. 그의 머릿속에 있는 고문 방법만 해도 천 가지가 넘었다. 기상천외한 고문과 처벌법이 많았다.

이한열은 천도훈의 병사들 처벌을 바라보면서 부족한 부분을 채웠다.

비어 있던 가슴이 꽉 찬 느낌이랄까?

병사들에게서 얻은 짜증과 불만이 천도훈의 처절한 응징을 통해 씻겨 나갔다.

"개구리처럼 쫙 뻗었다는 표현을 쓰면 적당하겠군."

이한열이 부러진 사지를 꿈틀거리고 있는 병사에게 가장 적당한 표현법을 찾아냈다.

일물일어!

사물이나 현상을 가장 적절히 표현하는 것은 단 한 개의 용어 외에는 없다.

집필은 일물일어를 찾아가는 과정이기도 했다.

일물일어는 단순히 집필에만 필요한 공부가 아니었다.

생각을 바꿔서 바라보면 강호에서 더욱 유용할지도 몰랐다.

검수의 경우 수련할 때와 싸울 경우 매순간 최적의 검로를 생각하거나 찾아내야 한다. 일물일어의 공부와 똑같은 상황이다.

이한열에게 문무의 경계는 사라졌다.

문을 생각하면 무가 연결되었고, 무위가 성장하면 필력이 상승하였다. 문과 무가 선순환을 그리면서 더욱 큰 효과를 발휘한다. 멈춰 있거나 과거의 현상이 아닌 현재진행형이었다.

퍽!

타격 소리와 함께 병사 한 명의 몸이 허공으로 떠올랐다.

"으허허헝!"

주둥이가 박살난 병사가 허공에서 울부짖었다.

퍽! 퍼퍽!

퍼퍼퍽! 퍼퍼퍼퍽!

주먹과 발이 무수히 병사를 때리기 시작했다.

그런데 한 명이 아니었다.

첫 번째 병사를 허공에 띄운 채 남아 있던 병사 다섯 명을 한꺼번에 때려 댔다. 허공에는 여섯 명의 병사가 동시에 떠올라 있었다.

"크악!"

"아악!"

"악!"

"아아악!"

"악!"

"으악!"

맞을 때마다 비명을 내지르는 여섯 명의 병사는 허공에서 내려올 줄 몰랐다.

천도훈이 세심하게 정성을 기울여서 병사들의 몸을 두들겨 팼다.

"노곤노곤해질 때까지 패 주마. 죽을 때까지 정신을 잃지 마라. 가정 먼저 정신 줄을 놓는 놈은 지옥을 보게 될 테니까."

방망이를 이용하여 적절한 힘으로 두들겨 팬 북어의 맛은 일품이 된다. 북어 대신에 병사들을 패는 지금 이 순간 천도훈은 일류 장인이었다.

"크악!"

"아악!"

"악!"

"아아악!"

"악!"

"으악!"

비명을 지르는 여섯 명의 병사들은 맞는 와중에도 먼저 정신을 놓지 않기 위해 동료들을 곁눈질로 살폈다. 천도훈의 행동에서 기절하는 순간 정말로 지옥이 찾아온다는 걸 알 수 있었다.

짝!

"여섯 명의 사람을 허공에 올려놓고 때리는 방법이 참신했고, 대사도 좋았어. 아주 훌륭해."

이한열이 박수를 치면서 반겼다.

인간을 노곤해 질 때까지 죽도록 패는데 맞는 사람은 정신을 잃어버릴 수 없다.

말과 행동에서 때리는 자의 사악함이 물씬 풍겨났다.

이한열이 원하는 부분을 천도훈은 잘 보여 주고 있었다.

짧다면 짧고 길다면 긴 시간동안 함께하며 이한열에게 잔뜩 물든 천도훈이었다. 그렇기에 이한열의 가려운 부분을 싹싹 긁어 주는 것이 가능했다.

"제가 생각해도 괜찮았습니다."

천도훈이 자화자찬했다.

그가 이한열과 어울리면서 어느새 뻔뻔함까지 배웠다.

근묵자흑이라!

사람 한 명 만나 성격이 바뀌는 건 아주 순식간이었다.

씨익!

이한열에게 만족을 줬다는 사실이 기쁜 나머지 천도훈의 입꼬리가 저절로 위로 올라갔다.

그때였다.

第十四章
유격장군 소절

"멈춰라."

어디선가 대갈일성이 터졌다.

파라락!

갑옷을 걸친 무장이 하늘에서 표표히 떨어져 내리고 있었
다.

쿵!

묵직하게 땅에 내려선 무장의 눈썹이 하늘로 치솟아 올라
있었다.

병사들이 무림인들에게 당하고 있다는 소식을 전해 듣고
빠르게 달려온 천인장급의 유격장군 소절이었다.

출중한 무위를 지니고 있는 소절은 장군 가문 출생으로 금의위를 지내다가 딱딱한 황궁 생활이 싫어 지방군의 종오품 유격장군으로 전직한 이였다.

팔척장신의 건장한 체구와 떡 벌어진 기골은 그 자체로 상대방을 압도할 만큼 강렬했다. 그의 두 눈에서 뿜어져 나오고 있는 기세가 놀라웠다.

"멈추라고 하는데요?"

"멈추고 싶냐?"

"아닙니다."

"그럼 계속해야지."

이한열은 병사들에 대한 응징을 멈출 마음이 없었다.

"감히 대명의 병사들을 공격하다니! 내 검에 죽어도 원망을 하지 못할 것이다."

슥!

대노한 소절이 검병에 손을 가져갔다.

우우웅! 우우웅!

주인의 감정을 느꼈는지 검이 울고 있었다.

파라락! 파라락!

단전에서 진기가 도도하게 일어나면서 바람도 불지 않는데 옷자락이 마구 펄럭거렸다.

천도훈을 바라보는 소절이 정신을 고도로 집중했다.

허공에 여섯 명의 병사들을 올려놓고 가격하고 있는 천도훈의 수법은 무척이나 고명했다. 면면부절하면서 시기적절하게 내뻗는 동작에는 현기와 깊이가 있었다.

'쉽지 않은 상대다. 목숨을 걸어야 한다.'

소절은 목숨을 잃을지도 모른다는 사실을 직감하면서 단전의 기운을 올올이 끌어내었다. 모든 힘을 끌어내는 데까지 약간의 시간이 필요했다.

"검을 뽑으면 후회할 일이 생길 거야. 그리고 공격할 만하니까 하는 것이다."

이한열이 소절을 바라보면서 말했다.

슥!

그제야 소절이 이한열을 향해 고개를 돌렸다.

"무슨 소리냐?"

"대명의 병사라도 잘못을 했으면 처벌을 받아야 한다."

"잘못을 했다면 처벌을 받는 것이 마땅하다. 하지만 사사로이 병사들을 처벌한다는 건 커다란 중죄이다. 시시비비를 가린 다음에 죄가 있다면 군법에 의해 처리해야 한다."

병사들이 잘못을 저질렀다는 걸 알아차린 소절이 절차를 내세웠다.

그의 말에 틀린 부분은 없었다.

"맞는 말이야."

"그럼 당장 저자를 멈추게 해라."

"그럴 수는 없지."

"뭣이라! 지금 장난을 하자는 거냐?"

소절의 이글거리는 시선이 이한열을 향해 쏟아졌다.

"즉결 처형권이라고 아나?"

"들어는 봤다."

"내가 그걸 가지고 있는 사람이야."

"믿을 수 없다."

소절은 금의위로 활동하면서 즉결 처형권이란 말을 들어 봤지만 직접 본 적은 한 번도 없었다. 즉결 처형권은 황제가 소수의 사람들에게만 허락한 공식 살인 면허권이나 마찬가지였다.

"직접 눈으로 보는 것이 빠르겠지."

이한열이 품속에 손을 넣었다가 뺐다.

휘익!

검은 패가 허공을 날았다.

탁!

패를 낚아챈 소절이 황급히 살폈다.

전면에 황이라는 글자가 양각되어 있었고, 뒷면에는 즉결 처형권의 권리가 문화전대학사인 이한열에게 있음을 음각으로 알리고 있었다.

"즙포 묵패가 정말로 존재하였구나."

황제가 내리는 즉결 처형 권한이 적혀 있는 패를 즙포 묵패라고 불렀는데, 대명에서 녹을 먹고 있는 관리들이 가장 무서워하는 패였다.

"진사 출신의 문화전대학사이시었소?"

소절의 흔들리는 눈빛에는 믿지 못하겠다는 빛이 약간이나마 섞여 있었다. 그러면서도 단전에서 일으켰던 진기를 다시 흩어뜨렸다.

태산이라도 가를 것 같던 힘이 빠르게 사라져 갔다.

그는 하는 말과 행동 때문에 이한열을 파락호나 사마외도 출신으로 여겼다.

진사!

문화전대학사!

피를 보면서 격조 없이 말을 툭툭 내뱉는 이한열과는 도무지 어울리지 않는 위치였다.

"즙포 묵패가 가짜 같은가?"

"아니오."

"나는 믿지 못해도 즙포 묵패는 믿어야지."

"천인장 소절이 문화전대학사를 뵙소이다."

품계에서 밀리는 소절이 정중하게 이한열에게 인사를 올렸다.

"반가워."

이한열이 가볍게 손을 흔들면서 인사를 받았다.

꾸깃!

너무나도 가벼운 말과 행동에 소절의 얼굴 표정이 좋지 않았다.

그러나 어쩌겠는가?

계급이 깡패였다.

낮은 사람인 소절이 높은 신분의 이한열에게 마구 뭐라고 할 수도 없는 노릇이었다.

지방에 와 있지만 그도 듣는 귀가 있었다.

답답한 마음에 황궁에서 뛰쳐나왔지만 금의위에 있는 아는 사람들의 서신들로부터 이한열에 대해서 들은 적이 있었다.

'주수선 군주마마의 총애를 받고 있는 기린아! 벼락출세한 촌놈이라는 평가도 있었는데, 직접 겪고 보니 기린아라는 표현이 어울린다. 비록 경망스럽지만……'

털털한 성격의 소절이었지만 감히 이한열에게 함부로 대할 수 없었다.

'뒤끝이 작렬한다고 들었다. 밉보여서 좋을 것이 없어.'

이한열에 대한 소문이 돌고 있었다.

잘나가는 실세였기 때문에 알고자 하는 사람이 많았고, 비

열하고 악랄한 이한열의 습성을 알고 피하려는 사람들도 적
지 않았다. 전자와 후자의 사람들은 서로 생각이 달랐지만
이한열을 알고자 하는 건 동일했다.

황궁과 조정, 강호에서 벌이고 있는 이한열의 일들에 대한
소문이 관계에 파다했다. 관심을 가지고 있는 사람들은 모두
알고 있었다.

지방군에 있는 소절이 알고 있다는 사실에서 얼마나 소문
이 광범위하게 퍼져 있는지를 유추해 낼 수 있다.

관리들은 서신 왕래를 통해 이한열의 사소한 부분까지 확
인하고 있었다.

"커헉!"

"궁행주싱능 겅 아닝었엉?"

"망행땅!"

소절이 이한열에게 정중하게 인사하는 걸 본 병사들의 안
색이 시커멓게 변해 버렸다. 하나같이 모두 주둥아리가 박살
났기에 말투가 어색했다.

"저들은 어떻게 하시렵니까?"

"즉결 처형이지."

"알겠습니다."

소절이 납득했다.

황제가 허락한 권한을 쓰겠다는 데, 소절이 반대할 수는

없는 노릇이었다. 병사들을 살리겠다고 오지랖을 떨었다가는 소절도 처형당할 수 있었다.

"도훈! 죽여!"

소절의 난입으로 흥을 잃어버린 이한열이 즉결 처형을 명했다.

"알겠습니다."

천도훈이 일체의 망설임 없이 지시에 응했다.

스걱! 스걱!

파파팟! 파파팟!

절삭음과 함께 병사들의 수급이 잘려 나갔다.

사람을 잘못 보고 뇌물을 탐하던 병사들의 비참한 말로였다. 그리고 죽은 자들이 죽어서도 눈을 곱게 감지 못할 일이 벌어졌다.

"저들과 관련된 비리를 샅샅이 찾아내서 처리해. 무슨 말인지 알지?"

뒤끝 작렬하는 이한열의 성격이 이번에도 여실히 드러났다.

죽음으로 끝이 아니었다.

동료와 가족 등 살아남은 자들에 대해서까지 처벌의 영역을 넓혀 나갔다.

"조사해서 죄가 있는 자들은 지위 고하를 막론하고 모조리 잡아들이겠습니다."

"뇌물이 집에까지 흘러 들어갔을 테니, 집안의 재산을 몰수해서 국고로 환수해."

"조치하겠습니다."

졸지에 병사들의 가족을 비롯한 집안까지 거덜 나는 상황이 벌어졌다. 부는 이루기도 어렵지만 지키는 건 더욱 어렵다. 수단 방법을 가리지 않고 축적한 부는 순식간에 사라질 수 있다.

만약 이런 사실을 죽은 병사들이 알게 된다면 눈에서 피눈물을 흘리리라!

'역시 조심해야 하는 인물이야.'

일신에 위기가 닥칠 수도 있는 상황이었기에 소절이 몸을 낮췄다. 보신에 만전을 기하고 있는 일촉즉발의 위기를 느꼈다.

"보고서 보내는 것 잊지 마."

지시를 내리는 이한열의 표정은 더할 나위 없이 평온했다.

"마무리하는 대로 파발을 띄워서 보내겠습니다."

공문을 보내기 위한 파발꾼은 함부로 보낼 수 없는 일인데도 불구하고 소절이 기꺼이 하겠다고 먼저 말했다. 평소의 소절이라면 결코 하지 않았을 일이었다.

"가 볼 테니 수고해."

이한열이 알아서 기는 소절의 어깨를 툭툭 두드려 줬다.

"고생하셨습니다."

소절이 이한열에게 허리를 직각으로 꺾었다. 처음 허리를
숙일 때보다 훨씬 더 공손함이 풍겨 나오는 인사를 올렸다.

"도훈! 가자."

"네."

이한열이 천도훈을 데리고 장내에서 벗어났다.

저벅! 저벅!

두 사람은 수급이 널려 있는 대지를 지나쳐서 평온한 대지
위를 걸었다. 피를 머금고 있는 가죽 신발에 의해 발자국이
붉게 점점이 찍히다가 이내 사라졌다.

"휴우!"

허리를 편 소절은 깊은 한숨을 내쉬었다. 부정부패를 일삼
고 있는 관리들에게 재앙 덩어리인 이한열이 보이지 않자 너
무 마음이 편안했다.

"부하 놈들을 잘못 뒀다가 죽을 뻔 했네."

방금 전의 일에서 소절도 처벌을 당할 수 있었다.

부하들의 실수는 곧 미숙한 상관의 책임이었다.

사실 소절은 부하들이 돌아다니면서 사람들에게 행패를
부리고 뇌물을 챙긴다는 사실을 이미 알고 있었다. 그럼에도
불구하고 큰 문제가 아니라고 생각하여 방치하였다.

조정에 큰 도둑들이 넘치고 있는데, 병사들이 백성들에게 훔쳐 봐야 얼마나 빼앗겠느냐는 생각이었다.

"가장 큰 도둑놈이 바로 문화전대학사 같은 놈인데…….
힘이 없어서 운다."

소절이 뒷담화를 해 댔다.

"힘을 가지고 있는 이한열을 절대자다. 저런 눈빛은 황궁 신비각을 지키고 있는 초고수에게서만 발견할 수 있었다."

이한열의 무심한 듯하면서 여유로웠던 시선에는 절대적인 자신감이 깃들어 있었다. 세상의 모든 걸 아우르는 눈빛은 지극히 높은 경지에 오르지 않으면 내뿜을 수 없었다.

꾸준하게 발전을 한 이한열은 어느새 자신도 모르게 수호 각의 지태상 소창문과 같은 반열에 올라서 있었다. 황실 최 강의 고수와 어깨를 나란히 한 것이다.

소절의 눈에 비친 이한열은 태산처럼 거대했다.

황궁에서 금의위로 활동할 때 수호각의 삼태상 가운데 천 태상을 만난 인연으로 이한열의 진짜 역량을 어렴풋이나마 눈치챌 수 있었다.

소절이 천태상을 만나지 못했다면, 그리고 천태상과 비슷 한 이한열의 눈빛을 보지 못했다면 발끈했을 수도 있었다.
감히 쳐다볼 수 없는 존재인 천태상과 너무나도 닮은 눈빛이 었기에 바로 납작 엎드렸다.

절대자들 앞에서 소절은 삼류 고수와 마찬가지였다.

삼류 고수나 초절정 고수나 절대자들에게는 한 수 먹잇감에 불과했다.

"쳇! 억울하면 출세를 하든지 아니면 힘을 가지고 있어야 해. 신분이 낮고 약한 것은 죄야. 미적거리다가 괴물과도 같은 놈이 다시 오면 불편하니, 재빨리 처리해야겠어."

소절이 툴툴거리면서도 이한열의 지시를 번개처럼 이행하려고 움직였다. 털레털레 부대가 있는 장소로 돌아가면서 끊임없이 꿍얼거렸다.

第十五章
**장손세가
장손범철**

진사무림

장손세가는 중원의 고도 낙양에 위치하고 있었다. 중원의 명문 가문으로 한때 황후와 재상 등을 여럿 배출한 위대한 가문이었다.

그러나 그 위대함은 지금 많이 퇴색되어 있었다.

장손세가의 선조는 몽고족에 말갈족의 피가 섞인 북방 민족인 선비계였다.

과거 중원이 혼란스러웠던 격변의 시기 장손의 집안은 대대로 고관을 배출한 명문이었지만 선비계라는 사실이 알려지면서 중원의 한족에게 배척을 받게 됐다.

중화주의가 만연한 조정에 장손세가 사람들의 출사는 꽉

막히게 됐다.

조정 출사의 길이 막히자 장손세가는 낙양에서 본거지를 옮기며 무림으로 눈길을 돌렸다.

뛰어난 무장을 많이 제출한 장손세가의 후손들은 대체로 체격이 건장하고 두뇌가 명석했다.

강호 무림에서도 장손세가는 두각을 드러냈다.

조정에 비해서 약하다고 하지만 강호 무림에도 중화주의가 만연해 있었고 장손세가를 은연중에 배척하였다. 뛰어난 인재와 영웅들이 미담을 많이 만들어 낸 장손세가가 서 있을 곳이 어디에도 없었다.

적극적으로 활동하지 않고 있는 장손세가는 백도와 사마외도 어디에도 속하지 못하고 있는 회색의 무림 세가로 남아 있었다.

장손세가에는 네 개의 무력집단이 있는데, 그 가운데 하나가 흑룡단이었다. 가장 약하다고 알려진 흑룡단은 구성원들의 무공 수준이 떨어지는 편이었다.

"장손세가가 몰락하였다고 하더니 소문은 믿을 바가 못 되는군."

흑룡단장의 집무실 창문을 통해 장손세가를 내려다보고 있던 이한열이 중얼거렸다.

"이곳은 용담호혈이다."

건물 아래 지나다니는 장손세가의 세가원들은 눈빛이 정 갈하였고, 하나같이 몸놀림이 가벼웠다. 기운을 몸으로 갈무리하여 평범해 보이는 초절정 고수들도 종종 눈에 띄었다.

"묵직하면서 강력한 기운들도 느껴진다."

이한열의 시선이 장손세가의 심처를 향했다.

심처 안에 똬리를 틀고 있는 거대한 기운들이 느껴졌다. 강력하고 거대한 기운들은 모두 세 개였는데, 두 개는 화경의 힘을 보유하고 있었고, 나머지 하나는 화경의 막바지를 뚫고 현경의 첫 자락을 붙잡고 있었다.

그 기운의 존재들은 장손세가의 진정한 힘들이었다.

"무림 세가들 가운데 최강으로 알려진 남궁세가도 화경의 고수가 창천검왕과 대연검왕 두 명뿐으로 알려져 있는데, 장손세가는 더하군."

이한열이 고풍스러우면서 웅장한 건축물을 자랑하고 있는 장손세가의 저력에 혀를 내두르며 놀라워했다.

장손세가의 힘은 바로 사람이었다.

드르륵!

문을 열고 하얀 백발의 오척단구 사내가 모습을 드러냈다.

눈꼬리가 쫙 찢어진 사내의 인생은 무척이나 차가웠다. 뱀처럼 서늘한 분위기를 물씬 풍기고 있었다. 외모로만 봤을 때는 무척이나 추남이었다.

슥!

등을 돌린 이한열이 실내에 나타난 추남을 바라보았다.

"장손범철이라고 합니다."

사십 대의 추남 장손범철이 정중하게 허리를 굽히며 인사했다.

"이한열입니다. 흑룡단의 단주를 보게 되어 반갑소이다."

이한열이 장손범철을 반갑게 맞이했다.

장손범철의 초대를 통해 흑룡단 집무실에 도착해 있는 이한열이었다. 그는 장손세가를 방문하기 전에 동창과 금의위, 서창 등에서 조사한 보고서를 읽은 상황이었다.

출신 때문에 장손세가는 한 때 중원 황실의 집중적인 감시를 받았다.

과거 장손세가가 낙양에 있을 당시 만리장성 너머 오랑캐들이 준동할 때는 아예 군대가 옆에 주둔하기까지 했다.

황궁에서도 두려워할 정도의 힘을 가지고 있던 세가였다.

그리고 장손세가는 그 놀라운 힘을 아직도 지니고 있었다.

'잘못된 정보다. 황궁 정보기관에서 조사한 내용을 더 이상 신뢰할 수 없어.'

몰락했다고 알려진 장손세가에 대한 황궁 정보기관의 보고서들은 하나같이 무척이나 초라했다. 장손세가가 황궁 정보기관의 조사까지 회피할 정도로 뛰어난 정보 은폐 공작을 했다는 반증이었다.

씨익!

이한열이 웃을 때 나오는 특유의 환한 표정에는 가식이 하나도 보이지 않았다.

그러나 그런 얼굴 표정 뒤에는 가식이 잔뜩 숨어 있었다. 조정에서 시간을 보내면서 감정을 숨기는 데 능숙해진 결과였다.

"높으신 대인이 알아봐 주시니 감사합니다. 편하게 말씀해 주십시오."

장손범철은 지나치게 낮은 사람을 자처하고 있었다.

사실 신분상으로 따지면 조정의 문화전대학사이자 진사인 이한열이 장손범철보다 높은 건 사실이었다. 하지만 칼밥을 먹고 사는 무림인들이 신분의 차이를 예의범절 따져 가면서 지키지는 않았다.

비록 서자이지만 장손세가 가주의 피를 이은 사람이 장손범철이었다. 그런 장손범철이 조정의 관리라고 대우를 해 준다고?

이한열의 눈에 이채가 스치고 지나갔다.

'편하게 말하라고?'

사실 예절과 겸양을 갖춰 장손범철을 대해도 무방하였다. 만약 조정의 관리로 있다면 인격적인 면을 보여 준다며 대인

혹은 군자로 스스로를 포장했을 것이다.

그러나 알아서 저자세로 나오는 장손범철을 상대로 지나치게 예의를 갖출 필요를 느끼지 못했다.

'왜?'

이한열은 깊게 생각하지 않았다.

눈앞의 장손범철에게서 해답을 얻어 내면 되는 일이니까.

그렇기에 해 달라는 대로 해 주기로 작정했다.

"이제부터 편하게 대해 주지. 내가 바쁜 건 알고 있지?"

털썩!

흑룡단장만이 앉은 검은 흑호피가 깔려 있는 의자에 주저앉은 이한열이 편한 걸 넘어 다소 무례하게 이야기했다. 사람을 앞에 두고 바쁘니까 빨리 용건을 꺼내라는 분위기를 대놓고 조성했다.

인격이 없어 보이는 태도였지만 강호 무림에서는 힘을 가진 자가 최고였다.

사실 지금 그는 몸이 열 개라도 부족할 지경이었다.

읽어야 할 책들도 많고, 공부해야 할 무공도 많았다. 황실과 조정에 보고해야 할 서류들은 산더미처럼 쌓여 있었고, 주수선 군주마마에게 보낼 서신도 작성해야 했다. 그 와중에 강호일통을 위해 손에 피를 묻혀 가며 싸우고 있었다.

그리고 새롭게 시작한 신작 소설까지 집필해야 하는 지경이었다.

일촌광음불가경!

이한열은 짧은 시간도 가볍게 여기지 않았다.

세상에는 되돌릴 수 없는 것이 몇 가지 있는데 그 가운데 하나가 바로 시간이었다. 허송세월한다는 건 생명을 낭비하는 것과 똑같았다.

정력과 소중한 시간을 낭비하지 않기 위해 이한열이 단도직입적으로 나섰다. 게다가 그는 강호무림의 지나치게 예의범절을 따지지 않는 부분을 좋아했다.

"편하게 대해 주시니 저도 솔직하게 말씀 올리겠습니다."

"아! 그래."

장손범철의 얼굴이 더욱 딱딱하게 굳어졌다.

마치 금방이라도 얼음덩어리가 떨어질 것처럼 보였다.

그러나 겉으로 보이는 차가운 표정과 달리 장손범철은 잔뜩 긴장해 있었다.

"제 사정을 아시는지는 모르겠지만 저는 가주의 아들입니다. 그렇지만 밖에서 데리고 온 아들이기에 호적에도 이름을 올리지 못했습니다."

"아버지를 아버지로 부르지 못하고, 형을 형으로 부르지 못해서 화가 났나?"

이한열이 대놓고 물었다.

일부다처제에 있어서 본처와 첩의 신분은 엄격한 격차가 있다. 본처는 상전이며 첩은 하녀와 같았다. 아무리 남편에게 사랑받는 첩이라고 해도 본처 앞에서는 무릎을 꿇어야만 했다.

일부다처제에 있어서 엄격한 법도는 유일하고도 효과적인 안전판이었다. 본처의 긍지를 높여 주면서 남자들은 능력이 되는 한 많은 첩을 둘 수 있었다.

위계의 구분이 뚜렷한 유교에서 본처의 위치가 공고한 만큼 정실 소생의 적자들은 커다란 권리를 누린다. 그리고 첩의 소생인 서자들은 하녀와 같은 어머니를 따라 밑바닥을 박박 긴다.

"적자들이 가문 직계의 정통 무공을 익힌 반면 저는 비전이 빠진 방계의 무공을 익혀야만 했습니다. 적자들이 가문에서 영약을 먹으며 폐관 수련을 하고 있을 때 저는 사선에서 적들과 치열하게 싸웠습니다. 다행히 운이 좋아 전장에서 여러 차례 승리하여 세가에 보탬이 되게 만들었습니다. 그렇지만 전공을 뽐내지 않고 세가의 어른들을 존경하고, 적자들에게 항상 고개를 조아리면서 지내 왔습니다."

"바닥에 바짝 엎드려서 간 쓸개 다 빼 줬군."

"제 위치가 위태롭습니다."

"가문의 다툼인가?"

"적자들의 눈에 저는 눈엣가시입니다. 세가를 위해 미친 듯이 싸웠는데, 그것이 오히려 적자들에게 불편함을 준 겁니다."

"그래서 어떻게 하겠다는 건가? 뒤집어엎을 생각인가?"

"그래서 말인데, 저를 도와주실 수 있습니까? 저 혼자만의 힘으로는 무리입니다. 혈족 사이에 피를 본다는 일이 얼마나 추한지 잘 알고 있습니다. 그러나 쥐도 막바지에 몰리면 고양이를 무는 법입니다."

꾹!

입술을 질끈 깨문 장손범철이 비장하게 말했다.

장손범철과 흑룡단은 가문과 적자들의 감시 아래 놓여 있었다.

"저 혼자만이라면 목숨을 내놓을 마음까지 있습니다. 하지만 전장에서 함께 생사를 보낸 전우들인 흑룡단의 단원들까지 죽일 수는 없습니다. 단원들은 단순한 부하가 아니라 제 가족입니다."

장손범철은 단원들과 피를 나눈 직계 혈족보다 더욱 가깝게 지냈고, 단원들은 단장을 위해 목숨을 걸 수 있었다.

외부에는 최약체로 알려진 흑룡단은 하나로 똘똘 뭉쳐서 힘을 내고 있기에 수많은 사선을 넘으면서 네 개의 무력집단 가운데 세가의 최강 단체로 올라설 수 있었다. 그 과정에서 적지 않은 수의 전우를 잃어버렸다.

　장손범철은 잃어버린 전우들을 가슴에 묻었다.

　흑룡단 주변에는 적룡단, 황룡단, 백룡단 세 개의 무력단
이 포진해 있었다. 기회가 닿으면 단번에 쓸어버리겠다는 적
자들의 흉악한 심보였다.

　장손범철이 후기지수로서는 가문에서 최고의 무명을 날리
고 있지만 적자 세 명이 합공하면 버티지 못했다. 그리고 그
건 흑룡단도 마찬가지였다.

　"왜 갑자기 목숨을 위협받게 된 거지?"

　이한열이 물었다.

　장손세가의 사대 무력단 가운데 하나를 차지하고 있을 만
큼 나름 인정받고 있던 장손범철의 입지가 흔들리게 된 이유
가 궁금했다.

　흠칫!

　질문에 잠시 멈칫거리던 장손범철은 결국 장손세가의 사정
에 대해서 털어놓았다.

　"검후와 생사 비무를 벌인 가주께서 치명적인 부상을 입으
셨습니다. 안타깝게도 대라신선이 와도 치료할 수 없는 내상
입니다. 생사기로에 서 있는 가주 때문에 장손세가는 크게 흔
들리고 있는 실정입니다."

　"검후가 나왔다고?"

"비공개로 비무를 하고 있습니다. 모르셨습니까?"

"음! 드디어 검후 상관약란이 강호에 모습을 드러냈군."

"무슨 일이라도 있습니까?"

"개인적으로 일이 있기는 하지."

이한열은 비무에서 패한 장손투선의 문제보다 상관약란의 강호 출도에 관심을 기울였다.

흑룡진천하 소설 속 여주인공은 상관약란을 본따 그려 낸 인물이었다.

"가주의 패배와 함께 저를 지켜주고 있던 우산이 걷혔습니다. 차기 가주로 올라서기 위해 적자 세 명이 저를 노리고 있는 겁니다."

장손범철이 쓴웃음을 지었다.

그는 가주 장손투선에 대해 애정이 없었다. 생물학적인 아버지이기는 하지만 장손투선에게 사랑을 받고 자라지 못했다.

그렇지만 필요 없어 보여도 아버지였다.

장손투선이 병상에 누워 오늘내일하고 있자 적자들이 이빨을 드러냈다. 적자들의 이빨에 의해 장손범철은 피투성이가 되다 못해 찢겨져 죽기 일보 직전이었다.

'우여곡절이 많은 삶을 살아왔군. 그런데도 불구하고 자신보다 타인을 위하는구나. 겉으로 볼 때는 차갑지만 속은

무척이나 뜨거운 열혈남아다.'

이한열이 장손범철을 보며 감탄했다.

어렵고 힘든 환경에도 불구하고 잘 자란 장손범철의 의기
는 존중받아 마땅하다.

그러나 자신을 먼저 챙기는 속된 이한열은 도와주는 대가
로 무엇을 받을 수 있는지가 중요했다.

"안타까운 상황이군."

"그렇습니다."

"상황은 이해하지만 자네를 돕기 위해서는 피를 봐야만 하
는 상황이 올 수도 있어."

"옳은 말씀입니다."

장손범철을 돕게 되면 필연적으로 영향력을 발휘하거나,
음모나 모략을 펼쳐야 했고, 최악의 경우 무력을 동원해야만
했다.

피를 봐서 적대적인 적자들의 세력을 발본색원한다면 장손
범철과 흑룡단의 운신이 편안해진다.

아무런 이득도 되지 않는 일에 귀찮게 손을 쓸 필요가 있
을까 하는 이한열이었다. 그리고 장손세가 깊숙한 곳에 위치
한 세 개의 강력한 기운들도 신경 쓰였다.

'피곤해질지도 몰라.'

이한열의 눈가에 귀찮아하는 기색이 스치고 지나갔다.

노력한 바에 비해 얻는 것이 적으면 굳이 손을 더럽힐 필요가 없었다.

그렇지만 확인해야 할 것이 남아 있었다.

"자네는 나에게 무엇을 줄 수 있나?"

이한열이 단도직입적으로 물었다.

원하는 걸 주면 도와주고, 반대의 경우 방관하겠다는 이야기였다.

실내에 불편한 침묵이 잠시 감돌았다.

"……."

말없이 있는 동안 장손범철의 눈빛이 복잡해졌다. 무엇을 이한열에게 줘야지 만족을 줄 수 있는지 고민하는 눈빛이었다.

장손범철이 돈과 명예를 모두 가지고 있는 이한열에게 줄 수 있는 건 많지 않았다. 돈을 줘 봤자 푼돈이었고, 세가의 무공 비급을 준다고 해도 별 볼 일이 없었다.

'모든 걸 주자.'

쿵!

결심을 내린 장손범철이 그대로 무릎을 꿇고 두 팔과 이마까지 바닥에 대고 부복했다. 오체투지를 하면서 최대한의 마음을 담아 외쳤다.

"평생 대인의 수족이 되겠습니다. 저와 흑룡단의 생로를 열어 주신다면 견마지로를 아끼지 않겠습니다."

장손범철의 목숨을 비롯한 모든 유무형의 것들이 몽땅 이한열의 것이 된다.

"좋아. 앞으로 자네는 내 수족이네."

어리석지 않으면서 강한 무인을 수족으로 얻게 됐다는 사실에 이한열이 만족스럽게 고개를 끄덕거렸다. 돈이나 무공비급을 준다고 말했다면 장손범철과의 거래를 단번에 끝장낼 작정이었다.

'의협적인 인물도 필요하지.'

장손범철을 바라보는 이한열의 눈빛이 따뜻했다.

현명함과 무력, 인덕을 갖춘 장손범철은 데리고 있으면 그 자체로 세력에 도움이 되는 인재다.

혹시라도 마음을 바꿀 수 있기에 이한열이 냉큼 장손범철의 제안을 받아들였다. 아주 헐값에 인재를 영입했기에 무척이나 기분이 좋았다.

명석한 두뇌와 절대적인 무력을 가지고 있다고 해서 홀로 독보하려는 건 지독한 오만이었다. 독보천하를 할 수도 있지만, 그건 이한열이 꿈꾸는 삶이 아니었다.

가화만사성!

궤변일 수도 있지만 많은 부귀영화를 통해서 그는 혼자가 아닌 집안이 화목한 걸 꿈꾸고 있었다. 이럴 때 쓰는 가화만

사성이 아니지만, 적어도 이한열에게는 맞는 의미였다.

'장손범철의 의로움은 결국 나와 일족을 이롭게 만들 것이다.'

자신과 자신의 일족만 챙겨 막강한 권세와 부를 누리면 그 영화는 오래 못 간다. 한나라의 여후와 여씨 일족이 단적인 일례이다.

화무십일홍!

짧은 세월 영화를 누렸던 여씨 일족은 구족이 멸문당하는 불행에 처했다.

'장손범철을 수하로 받아들이면서 흑룡단은 덤으로 딸려 온다. 용장 밑에 졸장 없는 법! 전장에서 물러서지 않고 용맹하게 싸우는 흑룡단은 앞으로 큰 도움이 될 것이다.'

이한열이 여러모로 많은 이득을 챙겼다.

훗날을 위한 인재 등용인 셈이었다.

사실 인재는 언제나 부족했고, 많으면 많을수록 좋았다.

이한열은 영입한 인재와 군신일체가 되는 걸 대단히 중요시했다. 사실은 이러한 마음가짐이 훗날을 대비하는 자세인 것이었다.

단체와 단체의 격돌은 세력 싸움이었고, 마지막에는 인재들의 다툼이 된다. 머릿수만 차지하는 어중이떠중이들을 제외하고 어느 쪽 진영이 뛰어난 인재를 많이 보유하고 있느냐에 따라 승패가 갈린다.

백만 대군을 거느리고 있는 대명이 흔들리고 있는 건 인재들이 없기 때문이었다. 혼란스런 황실과 부정부패가 만연한 조정에 실망하여 인재들이 은거를 하거나 관직에서 물러나고 있는 실정이었다.

중원은 실로 광활한 대륙이었기에 헤아릴 수 없을 만큼 많은 사람들이 살아간다. 하지만 그 안에서 인재라고 칭할 수 있는 숫자는 많지 않았다.

그런 인재들 가운데 의로운 심성을 가진 한 명이 바로 장손범철이었다.

"감사합니다."

헐값에 팔렸다는 사실을 잘 알고 있지만 장손범철의 표정이 밝아졌다.

그의 입장에서도 나쁘지 않았다.

보호를 받으면서 이한열을 전면에 내세워 호가호위를 할 수 있었다. 이한열의 수하가 되었다는 건 별다른 배경이 없는 장손범철의 앞날에 커다란 도움이 된다.

그리고 아직 이한열의 도움은 끝나지 않았다.

"이왕이면 가주로 등극하는 것이 어떤가?"

"네?"

화들짝 놀란 장손범철의 작은 눈이 소 눈망울처럼 커졌다.

"뭘 놀라나? 살아남는 걸 떠나 이왕이면 최고의 위치에 올라서야 하지 않겠나?"

"적자들이 있습니다."

"너를 죽이려고 했다면서? 죽이고자 하는 자는 반대로 죽을 줄도 알아야 해."

"음!"

큰 충격을 받은 장손범철의 몸이 앞뒤로 흔들렸다.

생명을 위협받기에 살아남겠다고 이한열에게 몸을 위탁했지만 장손세가의 가주 자리에 앉겠다는 생각을 한 적은 없다.

신분의 한계 때문이다.

서자!

그것도 외부에서 들어온 장손범철은 장손세가에서 크게 인정을 받지 못하고 있었다.

"가주로 올라서기 위해서는 많은 피를 흘려야 합니다."

"내가 흘리지 않을 건데 무슨 상관인가?"

이한열이 아무렇지 않게 말했다.

"죄송하지만 세가에는 현경의 고수도 있습니다."

"알고 있어. 세가의 심처에 있는 대나무 숲에 있더군. 그와 한바탕 싸우게 된다면 결국 강한 자가 살아남겠지. 그리고 마지막 순간 대지에 우뚝 서 있는 사람은 내가 될 거야."

씨익!

싸울 만한 상대의 등장으로 오랜만에 피가 끓어오른 이한열의 입꼬리가 위로 올라갔다. 검을 휘두를 때마다 쉽게 잘려지고 사라지는 적들은 재미가 없었다.

강자지존!

강한 자가 살아남아 모든 걸 차지한다.

그리고 이한열은 장손세가의 무인들을 모두 짓눌러서라도 살아남을 수 있었다. 현경 초입에 들어선 초고수라고 해도 이한열의 상대는 아니었다.

부르르! 부르르!

'현경을 아래로 내려다보는 분이시구나. 절대적인 무위와 함께 파괴적인 심성을 지니고 있다. 무위도 무위지만 잔혹한 심성이 두렵다.'

몸을 떨며 전율한 장손범철이 두려운 시선으로 이한열을 바라보았다.

절대적으로 높은 위치에 있는 사람들에게 아랫사람은 다 거기서 거기였다. 그들의 무신경함은 아랫사람들에게 재앙이었다.

이한열이 얼마나 많은 피를 볼지 걱정이었다.

"피를 최소한으로 봐주실 수 있습니까?"

"장손세가가 하는 것 봐서."

결심을 굳힌 듯 장손범철이 물었지만 이한열은 확답을 주지 않았다.

"가주로 올라서겠습니다."

스팟!

장손범철의 두 눈에서 웅장한 기개가 흘러나왔다.

가주로 등극하여 서자라는 신분 때문에 포기하고 있던 웅지를 활짝 펴고 싶었다.

"잘 생각했어."

이한열이 장손범철의 결정을 환영했다.

그는 기본적으로 야망을 가진 사람에게 호의를 가지고 있었다.

〈다음 권에 계속〉